동네 공원

LE SQUARE
by Marguerite DURAS

ⓒ Éditions Gallimard, Paris, 1955, 1983
All rights reserved.

Korean translation copyright ⓒ Munhakdongne Publishing Corp., 2025
This Korean edition was published by arrangement with Éditions Gallimard, Paris
through Sibylle Agency, Seoul.

이 책의 한국어판 저작권은 시빌 에이전시를 통해
프랑스 Gallimard사와 독점 계약한 ㈜문학동네에 있습니다.
저작권법에 의해 한국 내에서 보호를 받는 저작물이므로
무단 전재와 무단 복제를 금합니다.

Marguerite Duras : Le Square

동네 공원

마르그리트 뒤라스
김정아 옮김

문학동네

일러두기

1. 번역 대본으로는 *Le Square*(Marguerite Duras, Paris: Gallimard, 2022)를 사용했다.
2. 주석은 모두 옮긴이주다.
3. 본문의 고딕체는 원서에서 대문자로 강조한 부분이다.

마르그리트 뒤라스는 인도차이나에서 수학 교사였던 아버지와 선생이었던 어머니의 딸로 태어났다. 유년기에 잠시 프랑스에 체류했던 것을 제외하면 열여덟 살 때까지 사이공을 떠나지 않았다.

차례

동네 공원 11

해설 | 뒤라스와 『동네 공원』: 공원에서 만나는 개인의 보편성 119
마르그리트 뒤라스 연보 141

그들은 가정부들, 파리 역들에 하차한 수천 명의 브르타뉴 여자들이었다. 또 그들은 시골의 작은 장터를 도는 행상들, 실과 바늘 같은 것을 파는 세일즈맨들이기도 했다. 사망증명서 말고는 아무것도 가져보지 못한—수백만 명에 이르는—사람들.

그들의 유일한 걱정거리는 살아남는 것, 곧 굶어죽지 않는 것과 매일 저녁 지붕 있는 잠자리를 마련하는 것이었다.
 가끔은 무작정 누군가를 만나 말을 나누기도 했다. 서로가 공유하고 있던 불행과 저마다 처한 곤경에 대해 말하기도 했다. 여름날 공원에서, 기차에서, 늘 음악이 흐르고 사람들로 북적이는 시장통 카페에서는 그런 일이 일어나곤 했다. 그런 사람들은 그런 데가 없었다면 외로워서 못 살았을 거라고 했다.

"손님이 가득하고 음악이 흐른다는 그 카페 이야기를 좀더 해주세요."
"저는 그런 데 없으면 못 살 것 같아요. 그런 데를 정말 좋아하거든요……"
"저도, 그런 데가 있으면 저도 정말 좋아하게 될 것 같아요…… 그런 데를 한번 가보고 싶지만, 혼자서는, 그렇잖아요, 저 같은 처지의 젊은 여자가 함부로 그럴 수는 없잖아요."
"잊었던 일이 생각나네요. 그런 데 있다보면 시선이 느껴져요."
"그렇겠네요. 그러다 가까워지나요?"
"그러다, 네, 가까워지지요."

마르그리트 뒤라스
1989년 겨울

1

가만히, 아이가 공원 저쪽 끝에서 다가와 젊은 여자 앞에 섰다.

"배고파." 아이가 말했다.

남자에게는 대화를 시작할 기회였다.

"정말이네요, 간식 시간이네요." 남자가 말했다.

젊은 여자는 싫은 기색을 하지 않았다. 오히려 동조의 미소를 지었다.

"그러고 보니까 좀 있으면 네시 반, 애 간식 시간이겠어요."

여자는 옆에 있는 바구니에서 잼 바른 빵 두 조각을 꺼내 아이에게 건넸다. 그러고는 능숙한 솜씨로 아이 목뒤에서 턱받이 매듭을 묶었다.

남자가 말했다.

"애가 착하네요."

젊은 여자는 고개를 저으며 부인했다.

"제 애 아니에요." 여자가 말했다.

빵을 얻은 아이는 자리를 떴다. 목요일이라서 공원에는 아이들이 많이 있었다, 구슬치기를 하거나 술래잡기를 하는 큰 아이들도 있었고, 모래놀이를 하는 작은 아이들도 있었고, 노는 아이들 사이에 합류할 시기가 자기에게도 오기를 유아차 안에서 진득하게 기다리는 더 작은 아이들도 있었다.

"아닌 게 아니라," 젊은 여자가 말을 이었다. "제 애로 볼 수도 있을 거 같아요. 제 애로 보는 사람도 자주 있었고요. 그럼 저는 아니라고, 저애는 나랑 아무 상관 없다고 말해야 하고요."

"이해가 되네요." 남자가 미소를 지으며 말했다. "저도 애가 없거든요."

"애들이 저렇게 많은데, 어딜 가나 애들이 있는데, 내 애는 하나도 없다니, 가끔 이상하다는 생각이 들어요, 그런 생각 안 드세요?"

"그러게요, 하지만 애들은 이미 저렇게 많잖아요? 아닌가요?"

"그래도요."

"하지만 애들을 예뻐하는 사람이면, 애들이랑 있는 걸 많이 좋아하는 사람이면, 자기 애가 없어도 괜찮지 않나요?"

"오히려 그 반대일 수도 있지 않을까요?"

"그렇겠네요, 맞아요, 사람 성격에 따라 다르겠네요. 근데 제가 보기엔 이미 태어난 애들로 만족할 수 있는 사람들도 있는 거 같거든요. 아무래도 저는 그런 사람들 중 하나 같고, 지금까지 그런 사람들을 많이 보기도 했지요. 저도 애를 가질 수 있었겠지만, 보세요, 전 이대로 만족하게 됐거든요."

"그렇게 많이 보셨다고요? 정말요?"

"네, 저는 여행을 다니거든요."

"그래 보이세요." 젊은 여자가 친절하게 말했다.

"지금처럼 잠시 쉴 때를 빼면, 평소에는 늘 여행을 다니지요."

"이런 데가 정말 딱이에요, 쉬기에는, 공원들이, 특히 요즘 같은 계절은요. 저는 공원 가는 게, 밖에 나와 있는 게 좋거든요."

"돈 안 들고, 아이들 덕분에 늘 즐겁고, 발이 넓은 사람이 아니더라도 공원에서 가끔 말 상대를 만나는 경우도 있고요."

"맞아요, 그런 관점에서도 공원이 편리하긴 하네요. 그쪽 분은 판매 일을 하시나요? 늘 여행을 다니시면서요?"

"네, 그게 제 직업이에요."

"항상 같은 걸 파세요?"

"아니요, 때마다 다른데, 있잖아요, 그런 작은 것들, 늘 필요한 건데 사는 걸 자꾸 까먹게 되는. 중간 크기 짐가방 하나에 다 들어가는 것들요. 그러니까 저는, 군이 말하자면, 외판원 비슷한 사람인데, 제 말이 무슨 말인지 아시겠지요."

"시장에서 볼 수 있는 분 말씀인가요? 앞에다 짐가방 열어놓고 계시는?"

"맞아요, 네, 노천 시장 길가에 좌판을 깔고 앉아 있지요."

"실례가 안 된다면, 그 일로 일정한 벌이가 되는지 여쭤봐도 될까요?"

"불평할 정도는 아닙니다."

"그 정도일 거라고는 생각 안 했어요, 아시겠지만요."
"이게 무슨 대단한 벌이라는 건 아니지만, 그건 아니지만, 그래도 날마다 벌이가 있긴 있습니다. 그런 의미에서 일정하다고 하겠습니다."
"그럼 또 실례를 무릅쓰고 감히 여쭤보자면, 그런 일로 먹고살 만하신가요?"
"네, 먹고사는 데는 거의 지장이 없습니다. 그렇다고 매일 똑같이 잘 먹는다는 뜻은 아니지만, 그건 아니지만, 가끔은 좀 빠듯한 경우도 있지만, 결국 먹고살 만하다고 할까요. 굶는 날은 없으니까요."
"그러시다니 다행이네요."
"감사합니다. 아시다시피, 그렇습니다, 굶는 날은 거의 없습니다. 불평할 정도는 아닙니다. 홀몸이고 집도 없으니까 당연히 걱정이 거의 없습니다. 제 몸 하나 건사할 걱정뿐이지요. 치약이 떨어질 때도 있고, 옆에 누가 없는 것이 아쉬울 때도 있지만, 그럴 때 말고는, 그렇습니다, 그런대로 지낼 만합니다. 걱정해주셔서 감사합니다."
"그쪽 분이 하시는 그 일은 누구나 할 수 있는 일인가요? 적어도 그쪽 분이 생각하시기에는 누구나 할 수 있는 일인가요?"
"네, 그렇고말고요. 누구나 할 수 있는 일을 꼽으라면 바로 이 일일 겁니다."
"그러니까 저는, 그 일을 하려면 어떤 자격요건 같은 것이 필요하겠다고 생각했거든요."
"글을 아는 사람이면 아무래도 좀 나은데, 저녁에 숙소에서 신문을 읽거나 역 이름을 읽거나 하면 생활이 수월해지니까 그런 거고, 그거 말고는 거의 없어요. 그래요, 거의 없는데, 거의 배고프지 않을 만큼 먹고 못 먹는 날은 없거든요."

"저는 자격요건을 다른 식으로 생각했거든요, 참을성이라고 할까 인내심이라고 할까 그런 게 필요할 거 같다, 끈기도 필요할 거 같다, 그런 식으로요."

"저는 이런 종류의 일 말고는 해본 적이 없으니까 제 판단이 틀릴 수도 있겠지만, 그쪽 분이 말씀하시는 그런 자격요건들은 다른 무슨 일을 해도 필요할 거라고 늘 생각했는데요."

"그럼 또 실례를 무릅쓰고 여쭤보자면, 그쪽 분은 쭉 그렇게 여행 다니며 사실 생각이신가요? 아니면 언젠가 그만두게 될 거라고 생각하시나요?"

"모르겠네요."

"괜한 얘기를 꺼냈지요? 이런 질문을 드려서 다시 한번 죄송해요."

"별말씀을요…… 그저 계속 이렇게 살 건지는 저도 모르니까. 달리 드릴 수 있는 말씀이 없어요, 정말 모르겠는걸요. 그걸 무슨 수로 알겠어요?"

"말하자면, 늘 그렇게 여행을 다니다보면 언젠가는 멈추고 싶을 수밖에 없지 않을까, 그런 생각이 들었거든요, 저는 그런 의미에서 여쭤본 거였어요."

"하긴 그러고 싶을 수밖에 없겠지요, 정말요. 하지만 직업이 있는데 그걸 그만두고 다른 직업을 선택한다니, 어떻게요? 이 직업을 버리고 저 직업을 얻는다니, 어떻게 그래요? 왜 그래야 돼요?"

"제가 제대로 이해하고 있는 건지 모르겠는데, 여행을 관둔다는 게 전적으로 본인 의사에 달려 있다는, 다른 요인과는 무관하다는 말씀인가요?"

"말하자면, 그런 일들이 어떻게 정해지는지 전혀 아는 바가 없었다는 거죠. 저는 특별히 알고 지내는 사람도 없고, 좀 외톨이거든요. 어느 날 우연히 엄청난 기회가 제 앞에 나타난다면 몰라도, 그게 아니라면 하던 일을 무슨 수로 바꿀 수 있는지 저는 모르겠어요. 그런 우연한 기회가 제 인생의 어느 구석에서 나타날 수 있을지, 그런 일이 어디서 일어날 수 있을지 모르겠거든요. 그런 일은 평생 없을 거다, 그렇게 말하고 싶은 건 아니에요, 그렇잖아요, 앞일은 어떨지 모르는 거니까, 그런 일이 생기더라도 내가 선뜻 받아들이지는 않을 거다, 그렇게 말하고 싶은 것도 아니고요, 아니고말고요. 하지만 어디서 그런 기회가 저한테 찾아와 제 결단을 도와줄 수 있다는 건지, 지금으로서는 정말이지 모르겠거든요."

"하지만 그쪽 분도, 예를 들면, 그저 그런 일이 일어나기를, 직업을 바꿀 수 있기를 바랄 수는 있지 않을까요?"

"아니요, 제 바람은 날마다 잘 씻고 잘 먹는 거, 그리고 잘 자는 겁니다, 옷도 격 떨어지지 않게 입고 다니고 싶고요. 그런 제가 무슨 수로 그 이상을 바라겠어요? 그리고 솔직히 말씀드리자면, 저는 여행하며 사는 게 싫지 않거든요."

"또 실례가 될지 모르지만, 이런 질문을 드려도 된다면, 그쪽 분은 어쩌다 그렇게 살게 되셨어요?"

"어떻게 말씀드려야 할까요? 그런 사연들은 길고 복잡하고, 곰곰이 생각해보면 제 이해 범위를 좀 넘어서는 거거든요. 과거로, 생각만으로도 고단해질 만큼 먼 과거로 돌아가야 할 테고요. 어쨌든 대강을 말씀드리자면, 어쩌다보니 이렇게 살게 된 거 같아요, 남들과 마찬가지로, 별수없이요."

바람이 불어왔다. 그 온기로 여름이 다가오는 것을 예감할 수 있었다. 지나간 바람에 구름이 걷히고 새로운 열기가 도시에 퍼졌다.

"날씨가 좋네요." 남자가 말했다.

"그러게요." 젊은 여자가 말했다. "이러다가 더워지겠지요. 하루하루 지날수록 날씨가 점점 더 좋아질 거예요."

"제가 드린 말씀 이해하시지요? 저는 특별히 이런 직업을 갖고 싶다, 이렇게 살고 싶다 하는 게 없었던 거예요. 생각해보니까 계속 이러고 살 거 같아요, 예, 그럴 거 같네요."

"어떻게 살까, 어떤 직업을 얻을까에 대해, 그러니까 그쪽 분은 싫증나는 마음밖에 없으셨다는 건가요?"

"싫증났다고까지 말하면 지나치겠지만, 의욕이 있었다고 말할 수도 없겠네요. 한마디로, 대부분의 사람들과 마찬가지였어요. 저도 다른 사람들과 마찬가지로 어쩌다보니까 이렇게 살게 된 거예요, 정말 그래요."

"하지만 오래전 그렇게 살기 시작하신 그날부터 이렇게 살고 계신 이날까지, 하루하루 살아가면서, 마음이 변하고, 그게 뭐가 됐든 뭔가 다른 데 재미를 붙일 때가 있지 않나요?"

"아, 있다마다요! 많은 사람이 그럴 때가 없으리라는 건 아니에요, 있겠지요, 한데 어떤 사람들은 그렇지가 않을 거란 얘기예요. 변하는 거 없이 사는 데 적응해야 하는 사람들도 있거든요. 아무래도 제가 그런 사람인 거 같고요. 정말이지 저는 계속 이러고 살게 될 거 같아요."

"저는요, 계속 이러고 살지는 않을 거예요."
"그쪽 분은 벌써 그런 예측이 되세요?"
"되지요. 제 처지는 쭉 유지할 수 있는 게 아니거든요. 조만간 끝나는 게 당연한 거예요. 제가 기다리는 건 결혼이에요. 그렇게 되면, 이런 처지와는 이별이지요."
"그렇군요."
"그러니까, 그때가 되면 제가 이런 처지였던 흔적도 모두 사라질 거라는 말이에요. 마치 이렇게 살았던 적이 없는 것처럼."
"그렇게 따지면, 저한테도 언젠가는 일을 바꿀 날이 오지 않을까요? 사람이 앞일을 다 예측할 수 있는 건 아니니까?"
"하지만 제 경우에는, 그게 제 바람이라서, 그쪽 분하고는 경우가 달라요. 이건 직업이 아니거든요. 말하기 편하게 직업이라고 하고 있지만 제가 하는 일은 직업에 못 끼는 일이라서요. 이건 일종의 처지라서, 이해되시나요, 예를 들면 아이의 처지나 병든 처지같이 전반적인 상태인 거죠. 그래서 반드시 끊어내야 되거든요."
"무슨 말씀인지 알겠네요. 제 경우에는, 꽤 긴 여행에서 돌아와서 보시다시피 쉬고 있거든요. 저는 평소에도 앞일에 대해 생각하는 걸 썩 좋아하지 않는데, 오늘은 쉬고 있어서 더 못하겠어요. 이렇다보니까, 제가 어떻게 이렇게 변하지 않고 심지어 앞일을 예측해보지도 않으면서 살고 있는지, 그쪽 분께 설명을 제대로 못한 거 같아요. 죄송해요."
"아니, 제가 죄송하지요."
"아니에요, 말하는 게 뭐가 나쁜가요."
"정말 그러네요. 말한다고 큰일나는 것도 아니고요."

"그건 그렇고, 그쪽 분은 다른 일을 기대하신다고 했지요?"
"네. 당장은 아니더라도 제가 결혼하면 안 될 이유는 없으니까요, 남들도 다 하는데, 저라고 못할 건 없잖아요. 아까 드린 말씀은 그런 얘기였어요."
"맞는 말씀이에요. 언젠가 그쪽 분한테만 그런 일이 일어나지 말란 법이 어딨겠어요. 그쪽 분한테도 충분히 가능하지요."
"물론 제가 너무 헐뜯기는 처지이다보니, 거꾸로 저한테까지 그런 일이 가능할 이유는 없다고 말할 수도 있을 테지만요. 제 경우엔, 그런 일이 당연히 있을 수 있다고 여기려면 그 일이 이루어지기를 전심전력으로 희망해야 해요. 제 희망은 그런 식이에요."
"뭔들 이겨내지 못할 이유는 없지요, 그렇게들 말하더라고요."
"많이 생각해봤어요. 저는 젊고 건강해요, 거짓말은 못하고요, 어디서나 볼 수 있는 여자, 대부분의 남자들이 마다하지 않는 여자, 저도 그런 여자들 중 하나예요. 그럼에도 언젠가 제가 그런 여자라는 것을 인정하면서도 저를 마다할 남자가 하나도 없다면 그것도 놀랄 일이겠지만요. 어쨌든 저는 희망을 갖고 있어요."
"그렇겠지요. 하지만 그쪽 분이 말씀하시는 게 그런 식의 변화라면, 저의 경우에는 아내를 어디다 둬야 할까요? 저는 이 작은 짐가방 말고는 아무것도 가진 게 없고, 제 몸 하나 겨우 부양하는 형편이거든요."
"제 말은 그쪽 분에게도 그런 식의 변화가 필요하다는 게 아니에요. 일반적인 의미의 변화를 말씀드리는 거예요. 저에게는 그게 결혼이겠고요. 그쪽 분에게는 아마 다른 식의 변화일 수 있겠지요."
"저기요, 그 말이 틀렸다는 것은 아니지만, 개별적인 사정들이 있거든요. 제가 아무리 전심전력으로 변화를 희망한다 한들, 어떤 식으로든 그쪽 분이 희망하고 있는 만큼 희망하지는 못할 거예요."
"그쪽 분은 그렇게까지 변할 필요는 없을 테니까요. 하지만 저는 변할 수 있는 데까지 최대한 변해야 할 거 같거든요. 어쩌면 제가 틀렸을지도 모르지만, 제가 바라는 변화에 비하면 주변에서 보이는 변화란 게 다 너무 쉬워 보여요."
"하지만 변화의 필요가 더없이 시급한 경우라 해도, 저마다 개별적인 사정에 따라 그런 변화를 희망하는 정도가 다를 수 있다고 생각하시지는 않나요?"
"죄송한 말씀이지만, 저는 개별적인 사정들이 있다는 걸 알고 싶은 건 아니거든요. 좀전에도 말씀드렸듯이, 저는 희망을 갖고 있어요. 그 희망을 키우기 위해 최선을 다하고 있다는 말씀도 드려야겠네요. 예를 들어, 매주 토요일에는 꽤 정기적으로 댄스 클럽에 가고, 누가 춤을 청해오면 같이 춤을 춰요. 진실은 결국 늘 인정받는다는 말처럼, 언젠가 누군가는 저를 다른 젊은 여자들에 못지않은 적당한 결혼 상대로 인정해줄 거라고 믿고 있기도 하고요."
"하지만 저는, 이해하시겠지만, 댄스 클럽에 가는 걸로는 충분치 않을 거거든요. 제가 변화를 원한다 해도 마찬가지예요. 그 변화가 그쪽 분이 원하는 정도로까지 근본적인 게 아니더라도요. 제 직업이라는 게 정말이지 너무나 보잘것없고, 하찮고, 한마디로 말하자면 제대로 된 직업도 아니고, 일인분을 못한다고 할까, 반인분도 못하는 직업이잖아요. 그러다보니 제 삶이 그런 식으로 바뀌리라고는 한순간도 상상이 안 되는 거지요."

"그렇다면 그쪽 분의 경우에는, 좀전에도 말씀드렸듯이, 직업만 바꿔도 되지 않을까요?"

"하지만 하던 걸 어떻게 그만두는데요? 이런 직업이긴 해도, 결혼은 생각도 못하는 직업이긴 해도, 그만둘 방법이 없는데요? 제 짐가방이 늘 저를 더 먼 곳으로, 오늘 낮에서 내일 낮으로, 오늘밤에서 내일 밤으로, 심지어, 맞아요, 이번 끼니에서 다음 끼니로, 끌고 다니거든요. 저로서는 길을 가다 말고 그런 일을 생각할 시간을 충분히 낼 수 없는 거죠. 제 쪽에서는 변화를 찾아갈 여유가 없으니 변화가 제 쪽으로 와야 할 거예요. 그리고, 맞아요, 솔직히 말씀드리자면, 예전부터 저는 아무도 내가 자기한테 뭘 해주거나 내가 자기 옆에 있어주기를 바라지 않는다는 느낌을 갖고 있거든요. 심지어는 사회에서 제 자리가 없어지지 않은 것에 놀랄 때가 있을 정도예요."

"그렇다면 그쪽 분 입장에서 변한다는 건 그와는 반대로 느끼면 되는 일 아닐까요?"

"물론 그렇겠지요. 하지만 사람이 어떤지 잘 아시잖아요, 생긴 대로 살기 마련인데, 변해봤자 얼마나 변하겠어요? 게다가 이제 저는 제 직업이 좋아졌거든요, 하찮기 짝이 없더라도 말예요. 기차 타는 것도 좋고요, 여기서 하룻밤 저기서 하룻밤 자는 것도 이제는 크게 불편하지 않아요."

"그런 생활에 적응하지 마셨어야 할 거 같은데요."

"보시다시피 저한테 그런 성향이 좀 있었나봐요."

"저라면 인생에서 동행이라고는 달랑 상품 가방 하나뿐인 건 싫을 거 같아요. 가끔 두려울 거 같아요."

"그럴 수 있죠, 네, 특히 초기에는 두려운 기분이 들 수 있어요. 하지만 그런 작은 애로사항에는 익숙해질 수 있지요."

"저는 차라리 지금 이 처지대로 그냥 살면서 제가 하는 이 일을…… 그냥 하는 편이 낫겠다는 생각이 드네요, 단점이 천지라 해도요. 어쩌면 제가 아직 스무 살밖에 안 먹어서 그런지도 모르지만요."

"하지만 제 직업에도 애로사항만 있는 건 아니거든요. 그렇게 길에서, 기차에서, 공원에서 시간을 보내니까, 그렇게 온갖 것에 대해 조금씩 생각할 시간이 있으니까, 결국 이러저러하게 사는 수밖에 없다는 결론에 이르게 되지요."

"좀전에 저는 다르게 이해했던 것 같아요. 그쪽 분은 생각할 시간이 없으시다, 자기 한 몸 부양할 생각 말고 다른 생각을 할 시간이 없으시다, 그렇게 이해했던 것 같아요."

"잘못 이해하셨네요. 시간이 없다는 건 앞일을 생각할 시간이 없다는 거고요, 다른 걸 생각할 시간은, 맞아요, 있거든요, 생각할 시간을 낸다고 말할 수도 있겠네요. 그쪽 분이 말씀하신 대로 자기 한 몸 부양하는 거 말고 다른 걸 생각할 수 있으려면 일단 그 문제가 해결되어 그 생각을 안 할 수 있어야 하니까요. 한 끼 먹고 나면 해결되는 문제고요. 한 끼 먹자마자 다음 끼니를 생각하게 된다면, 미치지 않을까 싶어요."

"그죠, 물론 그렇게 보실 수 있겠죠, 하지만 제 경우에는, 그렇게 짐 가방 말고는 길벗 하나 없이 이 도시 저 도시 떠도는 게 저를 미치게 할 거 같아요."

"항상 외로운 건 아니거든요, 제가 말씀드리려는 건, 미칠 만큼 외로운 건 아니라는 거예요. 배도 타게 되고 기차도 타게 되고 보이는 것도 있고 들리는 것도 있으니까요. 이러다 미쳐버리겠다 싶은 경우가 생겨도, 그렇게 안 되게 피해갈 수 있거든요."

"하지만 어쩔 수 없다는 결론에 이르렀다 한들, 그게 저한테 무슨 소용이 있겠어요? 벗어나지 않아도 될 새로운 이유를 찾게 해주기밖에 더하나요? 제가 원하는 건 벗어나는 건데요."

"그게 꼭 그런 건 아니에요, 그러니까 직업을 바꿀 만한 기회가 생긴다면 저는 즉시 그 기회를 잡을 거거든요. 그리고 그게 저한테 다른 면으로도 도움이 되고요, 예를 들면 그럼에도 불구하고 이 직업이 가진 장점들을 깨닫는 데 도움이 되지요, 한편으로는 늘 여행을 다닐 수 있다, 또 한편으로는 예전에 비해서 사리에 좀더 밝아졌다는 느낌이 든다, 그런 것들을요. 하지만 그런 느낌이 든다는 말이었지, 정말 그렇다는 말은 아니었어요. 꼭 그렇지만은 않을 수도 있고, 제 느낌이 아예 틀렸다면 오히려 저도 모르는 사이에 사리에 더 어두워졌을 수도 있거든요. 그게 그리 중요한 것도 아니고요. 어느 쪽인지 저는 알 수 없으니까요."

"그러니까 제가 계속 한곳에 머물러 있는 만큼, 그쪽 분은 계속 새로운 곳으로 여행을 다니시는군요?"

"그러네요, 전에 갔던 곳에 또 갈 때도 있는데, 그럴 때도 전과는 달라요. 예를 들면, 봄이면 시장에 버찌가 나와요. 제가 계속 하고 싶었던 말이 바로 이거예요, 내가 이 일에 적응한 게 맞았다, 그런 말이 아니라요."

"정말 그러네요, 맞네요, 이제 곧 두 달 뒤면 시장에 버찌가 있겠네요. 그 생각을 하니 저까지 기분이 좋네요. 그럼 다른 건 또 뭐가 있을까요? 말씀해보시겠어요?"

"수천 가지죠. 어떨 때는 봄이다가, 또 어떨 때는 겨울이고, 해가 나기도 하고 눈이 오기도 하고. 하얀 눈 말고는 아무것도 안 보이죠. 그러다 버찌가 나오는 거예요. 버찌가 나오면 세상이 변해요. 갑자기 버찌가 나오고, 시장이 그렇게 갑자기 빨갛게 변하는 거예요! 그러네요, 두 달 남았네요. 보세요, 제가 하려던 말이 바로 이거거든요. 이 일이 나한테 딱 맞는 일이라는 게 아니라."

"그럼 이제 시장 버찌 말고, 겨울 말고, 눈 말고, 다른 거 더 말씀해보세요."

"어떨 때는 별게 없어요. 눈에 띄지 않는 것들뿐이지요. 하지만 그런 것들이 많이 모이면 다 바뀌거든요. 그저 보는 이의 기분 탓이라는 생각도 들지요. 같은 장소들, 같은 사람들인데, 알아보겠기도 하고 못 알아보겠기도 하고. 지난번까지만 해도 나를 별로 반기지 않는 것 같았던 시장이 이번에 갑자기 나를 반겨주는 것 같기도 하고."

"모든 게 다 똑같을 때는 없으신가요?"

"있지요, 가끔은. 마치 어제 다녀갔던 장소인 듯 모든 게 다 똑같을 때도 있거든요. 이유를 전혀 모르겠더라고요, 그렇게까지 안 변할 수는 없는데, 그럴 수는 없거든요."

"다른 건요, 시장 버찌 말고, 겨울 말고, 눈 말고, 다른 건요?"

"어떨 때는 새 건물이 서 있어요. 지난번에 왔을 때는 공사중이던 건물이 막 다 지어진 거죠. 입주가 전부 끝나서 생활 소음과 고함소리로 가득해요. 지난번에 왔을 때는 그 정도로 인구가 넘치는 도시로는 안 보였는데, 건물이 그렇게 완공되고 나니 꼭 필요했던 건물인 것 같더라고요."

"하지만 그런 건 모든 사람에게 똑같이 새롭지 않나요? 그쪽 분한테만 그런 게 아니라?"

"이따금 저한테만 그런 것도 있지만 그런 건 너무 사소하고, 보통은 날씨나 장소의 변화 같은 건데, 맞네요, 저한테만 새로운 건 아니네요. 하지만 그런 게 기분전환이 많이 되니까, 저한테 새로운 일이 일어난 것만 같은 거예요. 저 때문에 버찌가 나왔나 싶을 정도라니까요."

"그 말씀을 들으면서 그쪽 분 입장이 되어보려고 하지만, 안 될 거 같아요, 저라면 두려울 것 같거든요."

"그러실 수 있어요, 저도 그런 경우가 없지 않다는 걸 말씀드려야겠네요, 예를 들어 밤에 자다 깨면 그래요. 그런 두려움이 저를 사로잡는 경우는 밤 말고는 없지만, 아니, 또 있네요, 해질녘에도 그런 경우가 있는데, 그 시간대에는 비 올 때 아니면 안개 꼈을 때만 그래요."

"참 신기해요, 그런 걸 느껴본 적도 없으면서, 그게 이런 종류겠구나, 이런 두려움이겠구나 하고 조금 알 수 있다는 게."

"맞아요, 뭔지 아시지요, 혼잣말로 내가 죽어도 아무도 모르겠구나 싶을 때 느껴지는 두려움 같은 게 아니라, 나를 포함해서 많은 사람들과 관련되어 있는 두려움이에요."

"내가 사람이라는 거, 내가 다른 사람이면 좋을 텐데, 차라리 다른 물건이기라도 하면 좋을 텐데 그게 아니라는 거에 갑자기 두려워지는 그런 거랑 비슷한 걸까요?"

"맞네요, 이런 사람이면서 남들과 똑같은 사람이라는 거, 남들과 똑같은 사람이면서도 이런 사람이라는 거. 맞아요, 이렇게 말하면 딱일 거 같아요, 내가 이런 부류라는 거, 무슨 다른 부류가 아니라 하필 이런 부류라는 거에 무서워지는 그런……"

"너무 어려운 말씀이지만, 맞아요, 이해가 되네요."

"왜 그러냐 하면, 아까 말씀드린 거 같은 두려움, 자기가 죽는 걸 아무도 모르면 어떡하나 하는 두려움은 길게 보면 그런 운명을 반길 이유가 될 수도 있으니까요. 자기가 죽어도 아무도, 심지어 작은 개 한 마리도 슬퍼하지 않으리라는 걸 아는 사람은 죽는 걸 그렇게 무겁게 느끼지 않을 거 같거든요."

"무슨 말씀을 하시는 건지 알고 싶은데, 안타깝게도 모르겠어요. 여자들은 다르기 때문일까요? 제가 그렇게 짐가방 하나 들고 혼자 돌아다니는 그쪽 분 같은 생활을 못 견디리라는 건 알겠지만요. 여행을 해보고 싶지 않은 건 아니고, 해보고 싶은데, 여행을 떠났을 때 세상 어디엔가 나를 기다려주는 다정한 곳이 있다면 몰라도, 그게 아니라면 저는 못 떠날 거 같아요."

"그럼 이제 제 쪽에서 질문을 드려도 된다면, 그 말씀은, 그쪽 분이 바라시는 그 변화라는 걸 기다리는 동안에는 여행을 떠나실 수 없다는 뜻인가요?"

"아니에요. 그쪽 분은 이 처지에서 벗어나고 싶다는 게 어떤 건지 잘 모르시는 거 같아요. 제가 이 처지에서 벗어나려면 벗어날 생각을 항상, 계속해서, 전심전력으로 하고 있지 않으면 안 돼요. 안 그러면 못 벗어날 거예요. 전 알아요."

"하긴 저는 잘 모르는 것 같네요."

"그쪽 분은 모르실 수밖에 없어요, 왜냐하면 아무리 뭣도 아니라고 해도 그쪽 분은 어쨌든 자기 식대로 사시잖아요, 그러니 아무것도 아닌 처지가 어떤 건지 어떻게 아시겠어요."
"제가 제대로 이해한 거라면, 그쪽 분도 그런가요? 울어줄 사람이 아무도 없나요?"
"아무도 없어요. 보름 전에 벌써 스무 살이 됐는데. 하지만 언젠가는 누군가가 저를 위해 울어주겠지요. 저는 희망을 갖고 있어요. 저를 위해 울어줄 사람이 아무도 없을 수는 없잖아요."
"하긴 그런 사람이 그쪽 분한테만 안 생길 이유는 없겠네요."
"그죠? 제 말이 그 말이에요."
"그렇군요. 제가 또 질문을 드려도 된다면, 먹을 것은 충분하신가요?"
"그럼요, 걱정해주셔서 감사해요, 배불리 먹고도 남아요. 외롭지만, 늘 혼자지만, 저 같은 직업을 가지면 굶을 일은 없고, 부엌에서 일하니까 많이 먹을 수 있거든요. 식재료도 아주 좋고, 가끔은 양고기 넓적다리도 먹을 수 있어요. 저도 먹을 게 많은 데서 일하고, 맞아요, 저도 잘 먹어요. 억지로 많이 먹을 때도 있고요. 좀 통통해지고 더 튼튼해지면 좋겠어요. 그래야 더 괜찮은 여자로 보이겠지요. 통통하고 튼튼한 여자가 되면 제가 바라는 걸 이룰 기회가 좀더 생기지 않을까 싶거든요. 그건 아마 망상일 거라고 그쪽 분은 말씀하실지도 모르지만, 저한테 눈부신 건강이 있다면, 제가 더 탐나는 여자가 될 거라고 전 생각하거든요. 자, 보시다시피, 우린 너무 다르네요."
"물론 다르겠지만, 그렇다고 해서 제가 그쪽 분과 달리 의욕이 전혀 없는 사람이냐 하면 그렇지는 않거든요. 좀전에는 제가 설명을 잘 못한 것 같아요. 이거 하나는 알아주세요, 만약 저한테 변화를 바라는 마음이 생긴다면, 다들 그렇겠지만, 저도 그 마음을 애써 거부하지는 않을 거예요."

"설마! 못 믿겠는데요? 죄송한 말씀이지만요."

"물론 안 믿기시겠지만, 보세요, 세상 사람들이 희망을 갖지 말아야 할 이유는 없는 거 같지만, 저 같은 사람은 바랄 수 있는 게 별로 없는 것도 사실이거든요. 그렇기는 해도, 희망은 남들에게만 필요한 게 아니라 나한테도 똑같이 필요하다는 생각을 해보기 시작하는 데는 사소한 거 하나로 충분할 거 같긴 해요. 제게 아주 작은 신념 하나라도 있었다면 그걸로 충분했을 거 같거든요. 저한테 그 정도의 신념도 없는 건, 시간이 없어서일까요? 그래서일 수도 있을 거 같아요. 저한테 시간이 없다는 건, 기차에서 이것저것 생각하거나 사람들과 잡담하거나 하면서 보내는 시간이 없다는 게 아니라, 뭔가를 희망할 시간이 없다는 거, 하루 앞을 내다볼 수 있는 날도 없다는 거거든요. 희망이라는 게 나한테도 필요하지 않을까 하는 생각을 하고 그걸 알아차리려는 노력을 하려면, 그럴 수 있는 시간이 있어야 되는데."

"그렇다면, 또 죄송한 말씀이지만, 그쪽 분도 예전에는 다른 사람들이랑 비슷하셨을 거잖아요? 제 생각에도 그러셨을 거 같고, 스스로 그렇게 말씀하시기도 했고요, 아닌가요?"

"말씀하신 대로예요, 하지만 그렇게 다른 사람들처럼 하려다보니까 오히려 제대로 한 게 아무것도 없었지요. 뭘 단번에 이룰 수는 없는 건데, 그쪽 분이 말씀하신 대로 온갖 것을 한꺼번에 바랄 수는 없는 건데, 저는 그렇게 뭐가 잘 안 되다보니까 제대로 한 게 아무것도 없었고, 직업을 딱 정하지도 못했던 거예요. 하지만 결국은, 아시다시피, 여행을 이러니저러니 해도 꽤 많이 다니게 됐고, 제 작은 짐가방이 저를 온갖 곳으로 데려갔지요, 맞아요, 심지어 한번은 근사한 외국에 간 적도 있어요. 거기서 뭘 많이 판 건 아니지만, 그래도 저는 그 나라에 가봤던 거예요. 제가 그 나라에 다녀오기 몇 년 전에 누가 저더러 언젠가 그 나라에 가보고 싶어질 거라는 말을 했다면 저는 그 말 안 믿었을 거거든요. 그런데 보세요, 어느 날 자고 일어났는데 그 나라에 가보고 싶어졌고, 그 나라로 떠났거든요. 저는 경험이 거의 없지만, 그래도 그건 있는 거예요, 그 나라에 가봤던 거."

"하지만 그 나라에도 불행한 사람들은 있잖아요, 아닌가요?"

"맞아요, 있지요."

"그리고 뭔가를 기대하고 있는 저 같은 젊은 여자들도 있잖아요?"

"그렇다마다요, 그럼요."

"그러고요?"

"거기에도 죽는 사람들이 있고 불행한 사람들이 있고 그쪽 분처럼 벅찬 희망을 안고 기다리는 사람들이 있는 건 맞아요. 하지만 거기가 그런 곳이라고 해서 보지 않을 건 뭔가요? 우리가 있는 여기, 모든 게 똑같은 여기를 보느니 차라리 거기를 보는 건데, 왜요? 여기도 보고 거기도 보는 건데, 왜요?"

"왜냐하면, 제가 틀렸을 수도 있지만, 그쪽 분은 그렇다고 말씀하시겠지만, 저한테는 거기나 여기나 똑같으니까요."

"제 말을 조금만 더 들어주세요. 그러니까 거기 겨울은 여기보다 덜 춥다는 건데, 제가 무슨 어려운 말을 하는 게 아니라, 겨울인데 겨울인

동네 공원 31

줄 모를 정도랄까……"

"하지만 다른 나라에 갔다고 해도 그 나라의 모든 곳에 간 건 아니잖아요, 다른 도시에 갔을 때도 마찬가지고요, 포근한 겨울에 갔다 해도 겨울 내내 거기 있던 건 아니잖아요, 어느 곳에 가 있을 때 거기 있으면서 동시에 다른 데 있을 수는 없잖아요, 아닌가요?"

"맞는 말씀이긴 한데요, 제가 있던 그때 거기, 그 도시 끝에, 어디로도 이어지지 않을 것만 같은 계단들로 둘러싸인 거대한 광장이 있었어요."

"됐거든요. 전 알고 싶지 않거든요."

"하지만 도시가 온통 다 희게 칠해져 있어요. 한여름에 눈이 내렸다고 상상해보세요. 어느 반도 중심부의 도시예요, 바다로 둘러싸여 있는."

"바다는 푸르고요, 저도 알지요. 푸른 바다, 아닌가요?"

"네, 푸른 바다예요."

"아, 그렇군요, 죄송한 말씀이지만, 저한테 바다의 푸름을 말하는 사람들을 보면 저는 토할 거 같아요."

"하지만 어쩌겠어요? 동물원에서 내려다보면 사방이 바다인걸요. 그리고 바다는 누가 봐도 푸른걸, 제가 어쩌겠어요."

"저는 아니에요, 제가 아까 말씀드린 그런 다정한 곳이 없다면, 저한테는 바다가 검게 보일 거예요. 그쪽 분 기분을 상하게 해드리고 싶지는 않지만, 저는 안 될 거 같아요, 다르게 살고 싶은 마음, 박차고 나가고 싶은 마음이 너무 간절하다보니, 여행 다니면서 새로운 걸 보고 싶은 마음은 안 생기거든요. 아무리 그런 도시들에 가본다 한들, 그래봤자 뭐가 나아지겠어요, 변하는 건 아무것도 없고, 여행을 마치고 돌아오면 똑같이 그 자리일 거잖아요."

"그쪽 분과 전 서로 다른 걸 말하고 있네요. 저는 삶 전체가 달라지는 그런 변화를 말하는 게 아니라, 뭔가가 달라졌을 때 기분전환이 되는 그런 변화를 말하는 거예요. 여행을 하면 꽤 기분전환이 되거든요. 인류의 기억에서 그리스 사람, 페니키아 사람, 세상 모든 사람이 그렇게 여행을 했지요."

"맞네요, 그쪽 분과 제가 서로 다른 걸 말하고 있는 게 맞네요, 여행을 다니고 바닷가 도시에 가보고 하는 건, 제가 원하는 그런 변화가 아니거든요. 제가 원하는 변화는, 우선은 어디에 얽매이지 않고 살아보는 거, 내 물건을 별거 아닌 것들이라도 가져보는 거, 내 공간을 방 한 칸이라도 가져보는 거예요. 얼마나 갖고 싶었으면 가끔 가스오븐이 꿈에 나오더라고요."

"그건 여행하는 거랑 비슷할 거예요. 거기서 끝나지 않을 거예요. 다음에는 냉장고를 갖고 싶을 거고, 다음에는 또다른 걸 갖고 싶을 거예요. 그건 여행하면서, 이 도시 저 도시 돌아다니는 거랑 비슷할 거라서, 거기서 끝나지 않을 거예요."

"그쪽 분은 제가 냉장고 갖는 데서 끝내지 않는 게 문제가 된다고 생각하시나요?"

"아니에요, 아닙니다, 절대 그렇게 생각하는 게 아니고요, 제가 그럴 거 같다는 말씀이에요, 왜 아니겠어요? 이렇게 끝없이 여행하는 것보다도, 이렇게 이 도시 저 도시 끝없이 돌아다니는 것보다도, 만약에 저라면, 그런 게 더 고단할 거 같거든요."

"저도 나고 자란 것은 남들과 똑같거든요. 주변을 둘러보면, 저는 많이 둘러보는데, 제가 계속 이렇게 살아가야 할 이유가 별로 없다는 걸 알게 되더라고요. 저는 좀 도도해져야 해요, 무슨 수를 써서라도요. 그런 제가 시작부터 냉장고를 가져봤자 그게 끝이 아닐 거라고 생각해버린다면, 가스오븐도 못 가져볼걸요. 더구나, 그런 나중 일을 지금 제가 어떻게 알겠어요? 그쪽 분이 그렇게 말씀하시는 건, 냉장고를 살까 말까 고민한 적이 있으셨든가, 아니면 이미 샀다가 고단한 일을 겪으셨기 때문인가요?"

"아니에요, 저는 냉장고를 장만해본 적이 없을 뿐 아니라 냉장고 장만을 고려할 수 있는 상황이었던 적 자체가 없었어요. 아니에요, 그냥 그런 느낌이 든다는 거예요. 제가 냉장고에 대해 그런 식으로 말씀드리는 건, 여행하면서 가지고 다닐 수 없는 무거운 물건인 거 같아서예요. 다른 물건이었다면 그런 식으로 말씀드리지는 않았을 거예요. 어쨌든 그런 걸 소유한 다음이 아니면 여행을 다니지 못할 것 같다는 그쪽 분 말씀은 확실히 이해가 되네요, 그게 가스오븐이 됐든, 냉장고가 됐든요. 그리고 틀린 쪽은, 냉장고 생각만으로도 이렇게 간단히 의욕이 꺾이는 저라는 말씀도 드려야겠네요."

"그러게요. 아닌 게 아니라 그러시는 게 좀 이상한 거 같거든요."

"제 평생에 한 번 있었던 일인데, 어느 날 더 살고 싶지가 않은 거예요. 배는 고픈데 그날 돈이 다 떨어져서 점심에 뭘 먹으려면 무조건 일하러 나가야 했거든요. 근데 다들 그러고 사는 게 아니라 저 혼자만 그러고 살고 있는 거 같은 거예요! 그날따라 그러고 사는 데 적응이 안 되는 거 같고, 더 살 필요를 못 느끼겠더라고요. 뭐랄까, 다들 쭉 그러고 산다고 해서 저까지 쭉 그러고 살 필요는 없겠다 싶었으니까요. 그 생활에 다시 적응하기까지 꼬박 하루가 걸렸는데, 물론 그러고는 제 짐 가방과 함께 시장에 나갔고, 음식도 다시 먹기 시작했어요. 그렇게 예전과 똑같이 같은 생활을 다시 시작하기는 했지요, 하지만 달라진 게 하나 있었는데, 그게 뭐냐면 그날 이후 저한테는 뭔가 앞일을 예측한다는 게, 그게 그저 냉장고 소유 여부라고 해도, 전에 비해 훨씬 고단해졌다는 거예요."
"그런 일이 있으셨군요."
"그날 이후 저는 제가 있느냐 없느냐를 생각할 때 사람 하나 더 있느냐 덜 있느냐의 문제로 생각하거든요. 살면서 냉장고 한 대 더 갖느냐 덜 갖느냐를 왜 제가 그쪽 분만큼 중요한 문제로 보지 않는지가 이걸로 설명될 거 같네요."
"그쪽 분이 그렇게 즐겁게 다녀오셨다는 그 나라 말씀인데요, 그 나라에 가셨던 게 그날 이전이었나요, 이후였나요?"
"이후였어요. 어쨌든 저는 그 나라를 생각하면 즐겁고, 그 나라에 가 본 사람이 한 명 줄었다면 안타까운 일이었을 거 같거든요. 제가 다른 사람보다 그 나라를 즐기는 데 더 적격일 거라고 생각하는 건 아니에요, 아시겠지만 그런 건 아니고요, 다만 이왕이면 한 나라 더 다녀오는 게 덜 다녀오는 것보다는 나을 거라고 생각하거든요."
"제가 그쪽 분 입장이 될 수는 없지만, 무슨 말씀을 하고 싶으신 건지는 알겠네요, 표현도 잘해주신 거 같아요. 이왕이면 볼 수 있는 만큼 보는 게 안 보는 것보다 낫다, 그러면 시간도 더 빠르게 지나가고 더 즐겁다, 그런 말씀이시지요?"

"그렇게도 말할 수 있겠네요. 저는 여행을 하기로 했고 그쪽 분은 여행을 안 하기로 했다는 것만 빼면 그쪽 분과 제가 어긋나는 데는 없는 거 같네요."

"어긋나는 데는 또 있어요. 저는 아직 무슨 일로든 고단함에 시달렸던 적이 없거든요, 물론 기다리는 일은 제외해야겠지만요. 그쪽 분은 틀림없이 저보다 행복한 분이다, 그런 말씀이 아니라, 그쪽 분은 행복하지 않을 경우 본인의 불행을 해결할 대책을 고려해보실 수 있다, 다른 도시에 가볼까, 다른 물건을 팔아볼까, 아니면, 죄송한 말씀이지만, 좀더 많이 팔아볼까 하는 생각을 해보실 수 있다, 그냥 그런 말씀으로 이해해주세요. 저의 경우에는 아직 생각 자체를 시작도 못하고 있어요, 세부적인 것에 대해서도 생각을 못하고 있지요. 저한테는 시작된 게 없거든요, 인생이 시작되었다는 걸 빼면요. 그리고 가끔, 예를 들어 여름에 날씨가 너무 좋을 때, 이렇게 끝나는 게 아닐까, 중요한 일이 나도 모르게 시작된 게 아닐까 하는 느낌이 들면, 두렵거든요, 정말요, 좋은 날씨를 즐기다가 자칫 나를 놔버릴까봐, 내가 원하는 걸 한순간이라도 잊어버릴까봐, 벌써부터 세부적인 것에 빠져 본질적인 것을 잊을까봐 두려워요. 저는 아직 처지가 이런데 이런 제가 벌써 세부적인 것을 생각하기 시작하면, 저는 망한 거거든요."

"하지만 아까도 말씀드렸듯이, 저는 그쪽 분이 저 어린아이를 사랑하신다고 생각했거든요."

"그러거나 말거나, 저는 그런 거 모르고 싶어요. 이런 처지가 불편하지 않게 느껴지는 건 원하지 않아요, 이런 처지가 좀 덜 불편하게 느껴지는 것조차 원하지 않아요, 그렇게 되어도 저는 망한 거라서요. 제 앞에는 많은 일이 쌓여 있고, 저는 그걸 해요. 그걸 다 하니까 날마다 제일 아닌 일을 조금씩 더 시키는데, 저는 그 일도 해요. 제가 그걸 너무 당연하게 다 하니까 나중에는 너무 거친 일도 시키는데, 저는 아무 말 안 하고 그 일도 하지요. 왜 그렇게 다 하느냐면, 제가 그걸 안 하고 거부한다면, 이 상황이 나아질 수 있다고 생각한다는 뜻이 될 거라서, 지금보다는 덜 힘든, 지금보다는 참을 만한, 심지어 그 자체로 참을 만한 상황이 올 수 있다고 생각한다는 뜻이 될 거라서, 그래서 그렇게 다 하는 거예요."

"아무리 그래도 이상하군요. 인생이 덜 힘들어질 방법이 있는데, 그 방법을 안 쓰겠다는 게."

"그쪽 분 말씀이 맞아요. 하지만 저는 거절을 안 해요. 저는 누가 시킨 일을 못하겠다고 한 적이 한 번도 없어요. 처음에는 거절하기도 쉬웠을 텐데 저는 그때 거절을 안 했고, 일이 점점 많아지고 있으니까 거절하기도 점점 쉬워지는데 저는 계속 거절을 안 하고 있어요. 제가 기억하는 한, 저는 늘 모든 걸 순순히 받아들였는데, 그건 더이상은 못 참겠는 순간을 위해서였어요. 그쪽 분은 그런 건 좀 미련하지 않느냐고 말씀하시겠지만, 저는 여기서 벗어날 다른 방법을 못 찾았거든요. 사람은 무엇에든 적응한다는 말이 정말 맞아요. 십 년이 넘도록 저 같은 처지를 못 벗어나는 사람들도 보거든요. 사람은 어떤 생활에든 적응할 수 있고 심지어 이런 생활에도 적응할 수 있으니까, 저도 이 생활에 적응하지 않으려면 정말 조심해야 돼요. 어떨 때는 보시다시피 정말 걱정스러운 게, 제가 왜 이러느냐 하면, 어떤 생활에나 있는 적응의 위험을 미리 알고 있다 해도, 너무나 큰 위험이다보니 알더라도 못 피할 수 있거든요. 이제 그쪽 분이 말씀해주세요. 가끔 새로운 게 있더라는 그 말씀을 더 해주세요, 눈 말고, 버찌 말고, 공사중인 건물 말고, 새로운 게 뭐가 있던가요?"

"가끔 호텔 주인이 바뀌더라고요, 새로 바뀐 주인은 싹싹해서 선뜻 손님들과 말을 주고받아요, 예전 주인은 접객에 지쳐서 손님한테 말 한마디 거는 법이 없었는데."

"저는 여기서 이러고 있는데, 제가 여태 여기서 이러고 있다는 거에 저 자신이 매일같이 경악을 느껴야 되는 거 아닐까요? 안 그러면 결국 아무것도 못하게 되는 거 아닐까요?"

"제가 생각하기에는 모두가 자기가 여태 그런 처지라는 거에 매일같이 경악을 느끼는 거 같아요. 이런 경우는 경악을 느껴야 된다, 그렇게 말할 수도 없을 거 같고요. 경악이라는 게 느껴야 되면 느낄 수 있고 안 느껴도 되면 안 느낄 수 있는 그런 게 아닌 거 같거든요."

"저는 제가 여태 이런 처지라는 거에 매일 아침 점점 더 경악할 수밖에 없어요. 일부러 경악하려고 하는 게 아니라, 자고 일어나면 그냥 경악스러운 거예요. 그럴 때는 지나간 일들이 생각나요. 저도 어릴 때는 다른 여자애들이랑 똑같았어요, 겉모습으로 봐서는 그애들과 다른 점이 전혀 없었지요. 하아, 그랬어요, 버찌 철이 되면 다른 여자애들이랑 다 같이 과수원에 가서 버찌 서리를 했어요. 마지막날까지 다 같이 훔쳐먹었지요. 제가 더부살이를 시작한 게 버찌 철이었거든요. 그쪽 분이 더 말씀해보세요. 호텔 주인 포함해서 이미 말씀해주신 거 빼고요."

"버찌 서리를 했던 건 저도 그쪽 분과 마찬가지예요, 겉모습도 다른 애들이랑 하나 다른 게 없었고요, 제가 그때부터 아이들을 많이 좋아했다는 거, 그게 차이점이라면 차이점이네요. 호텔 주인 말고 새로운 게 뭐가 있냐면, 가끔 라디오가 새로 생기더라고요. 그건 정말 중요해요. 음악 없는 카페였던 곳이 음악이 흐르는 카페가 되는 거니까요. 그러면 자연히 사람들이 많아지고, 문이 더 늦게까지 열려 있지요. 저녁 시간이 그만큼 이득이에요."

"이득이라고요?"

"그럼요."

"하아, 저는 가끔 이런 생각이 들어요, 그때 알았다면 어땠을까…… 그때 엄마가 와서 '얼른 가자, 시간 다 됐다, 얼른 나와, 시간 다 됐어' 이러는 거예요. 저는 뭣도 모르고 따라갔고요, 아시잖아요, 동물들이 도살장에 갈 때처럼. 하아! 어디로 가는지 알기만 했어도, 안 가겠다고 버티든, 다른 데로 도망가든, 엄마한테 애원하든 했을 텐데! 애원이라면 정말, 정말 잘할 수 있는데!"

"하지만 그때는 몰랐으니까요."

"그해에도 버찌 서리는 다른 해와 똑같이 끝물까지 계속됐어요. 다른 애들은 제 방 창문 밑을 지나가면서 노래를 불렀고요. 저는 안에서 그애들을 엿보다가 야단을 맞았지요."

"제가 버찌를 딴 건 아주 늦은 나이였어요."

"저는 엄청난 범죄를 저지른 사람처럼 창문 뒤에 숨어 있었어요. 그랬어요, 제게 죄가 있었다면 열여섯 살이라는 죄였겠지만요. 근데 그쪽 분이 버찌를 딴 게 아주 늦은 나이였다고 하셨나요?"

"맞아요. 인생에서 버찌를 딸 수 있는 가장 늦은 나이였지요. 그래서 이렇게 된 건지."

동네 공원 39

"손님이 가득하고 음악이 흐른다는 그 카페 이야기를 좀더 해주세요."

"저는 그런 데 없으면 못 살 것 같아요. 그런 데를 정말 좋아하거든요."

"저도, 그런 데가 있으면 저도 정말 좋아하게 될 것 같아요. 저도 갈 거예요. 가서 카운터석에서 남편 팔짱을 끼고 같이 라디오를 들을 거예요. 누가 이러쿵저러쿵 말을 걸면 우리 둘이 대답할 거예요, 거기서 그렇게 둘이 있으면서 동시에 다른 사람들과 어울릴 거예요. 지금도 가끔은 그런 데를 한번 가보고 싶지만, 혼자서는, 그렇잖아요, 저 같은 처지의 젊은 여자가 함부로 그럴 수는 없잖아요."

"잊었던 일이 생각나네요. 그런 데 있다보면 시선이 느껴져요."

"그렇겠네요. 그러다 가까워지나요?"

"그러다, 네, 가까워지지요."

"무작정?"

"무작정. 그러다보면 대화가 조금은 특별해지고요."

"그다음은요? 그다음은요?"

"저는 절대 한 도시에 이틀 이상 머물지 않아요, 기껏해야 사흘이지요. 제가 파는 물건들이 그렇게까지 필요한 것들은 아니라서요."

"저런!"

멎었던 바람이 다시 불어와 구름이 다시 걷혔고, 갑자기 따뜻해지는 공기 속에서 머지않은 여름의 기운이 다시금 느껴졌다.

"정말 오늘 날씨가 너무 좋네요." 남자가 또 한번 말했다.

"여름이 성큼 가까워졌네요."

"어쩌면 죄송한 말씀이지만, 우리는 어느 하나 시작을 못하고 늘 내일로 미루기만 하는 거 같네요."

"아! 그렇게 말씀하시는 건, 그쪽 분한테는 오늘이라는 시간이 내일을 잠시 내려놓아도 될 만큼 충만해서겠지요. 제게는 오늘이라는 시간이 아무것도 아닌 황무지예요."

"그 말씀은, 그쪽 분의 경우에는, 내가 이 일을 해냈다, 라고 말할 수 있는 일을 해본 적이 한 번도 없으시다는 말씀인가요?"

"한 번도 없어요. 저는 하는 일이 없거든요. 하루종일 일을 하고는 있지만 그쪽 분이 말씀하시는 것처럼 그렇게 생각할 수 있는 일은 없어요. 스스로에게 그런 질문조차 할 수 없지요."

"그쪽 분 말씀에 반대하고 싶지는 않은데, 또다시 실례하자면, 그쪽 분이 무슨 일을 하시든, 지금 이렇게 살아가는 시간이 나중에는 그쪽 분에게 중요한 의미를 갖게 될 거예요. 그쪽 분은 황무지라고 말씀하시지만, 나중에 그쪽 분이 기억하실 지금이라는 시간은 눈부시도록 정밀하게 채워질 거예요. 그럴 수밖에 없을 거예요. 아직 시작되기 전인 거 같아도, 이미 시작되어 있거든요. 아직 아무것도 안 하고 있는 거 같아도, 이미 뭔가 하고 있거든요. 답을 찾으러 가고 있다고 생각했는데, 뒤를 돌아보니까, 와, 답이 내 뒤에 있는 거예요. 예를 들면, 그 도시가 그랬어요. 거기에 막 도착했을 때는 거기가 좋다는 걸 몰랐어요. 호텔은 별로였고, 제가 예약했던 방은 안 남아 있었고, 늦은 시간이었고, 배가 고팠지요. 그 도시에서 저를 기다리고 있던 건, 그 도시 자체 이외에는 아무것도 없었고요. 엄청나게 큰 도시 하나가 통째로 그 도시의 문제에만 골몰하고 있다는 게, 그 도시에 처음 와본 고단한 여행자에게 그게 어떤 느낌일지 상상이 좀 되시지요."

"아니요, 상상이 안 돼요."

"더럽고 시끄러운 안뜰이 내려다보이는 형편없는 방 한 칸 외에는 나를 기다리고 있는 게 아무것도 없다, 그런 느낌이었는데. 하지만 돌이켜보면, 그 여행이 나를 변화시켰구나 하는 것을 알게 되지요. 내가 그 여행을 하기 전에 보았던 많은 것들, 그것들이 나를 거기로 데려갔구나, 거기서 그것들이 명확해졌구나 하는 것도 알게 되고요. 이런저런 도시에 가본 적이 있다는 걸 알게 되는 건 다 지나고 나서일 수밖에 없거든요, 잘 아시겠지만요."

"그런 의미에서 말씀하시는 거라면, 그쪽 분 생각이 맞을 수도 있겠네요, 아마 그 일이 이미 시작된 것일 수도 있겠네요, 제가 그 일이 시작되기를 바랐던 날이 바로 그 일이 시작된 날일 수도 있죠."

"그럼요, 보세요, 아무 일도 안 일어나는 거 같아도, 그쪽 분의 삶 속에서 가장 중요한 일은 이미 일어났다, 그건 바로 그쪽 분이 이런 삶을 살지 않기로 하셨다는 거다, 저는 그런 느낌이 들어요."

"이해가 되네요, 맞네요, 하지만 이제는 그쪽 분이 제 말씀을 끝까지 들어봐주세요, 그 일이 그 순간부터 일어났다 해도, 저는 그걸 아직 알 수가 없어요, 아직 그걸 알 시간도 없었고요. 그쪽 분이 그 여행에서 돌아와 알게 되셨듯이 저도 언젠가는 그걸 알 수 있기를, 그리고 저도 훗날 뒤를 돌아보았을 때 제 뒤에서 모든 것이 명확해지기를 바라지만, 정말이지 지금 저는 그런 날이 오리라는 예측조차 할 수 없을 만큼 그 안에 매몰되어 있어요."

"맞네요, 그 말씀이 맞아요. 그쪽 분이 아직 알 수가 없는 일에 대해 뭘 알려드릴 수는 없을 테지만, 그래도 한번 시도해보고 싶은 마음은 크네요."
"정말 착하시네요, 하지만 저는 아직 누가 저한테 해주는 말을 잘 이해하지는 못하는 상태라서요."
"그래도 해보죠, 제가 그쪽 분을 이해하고 있다는 건 의심하지 않으셔도 되는데요, 아무리 그래도, 그렇게 주어진 시간에 언제고 그 일을 전부 다 하셔야 할까요? 물론 제가 그쪽 분한테 뭘 조언하려는 건 아니지만…… 그쪽 분 말고 다른 사람이라면, 예를 들어, 너무 힘든 일 몇 가지를 면하고자 작은 노력이라도 좀 하지 않을까요? 고된 일을 면하고 나면 일단 앞날을 그만큼 기대할 수 있지 않을까요? 다른 사람들이라면 그러지 않을까요? 그 점을 생각해보시면 어떨지."
"그쪽 분은 제가 걱정되시나요? 그런 게 저한테 너무 지체된다면, 시키는 대로 사양 않고 다 하다가, 나날이 더 많아지는 일을 이렇게 불평 한마디 없이 다 하다가, 언젠가 완전히 참을성을 잃어버리는 날이 오는 건 아닐까 하고요?"
"그쪽 분이 지니고 있는, 아무것도 나아지게 할 수 없는 그런 의지력이, 좀 걱정스러운 건 사실이에요. 하지만 제가 이런 말씀을 드리는 건, 그런 걱정 때문이 아니라, 그쪽 분 또래의 누군가가 그렇게 혹독한 삶을 살기로 한 걸 참고 있기가 어려워서예요."
"저한테는 다른 해결책이 없는걸요, 분명 저도 많이 생각해봤죠."
"몇 명인지 물어봐도 될까요?"
"일곱 명이에요."
"층수는요?"

"육층 집이에요."

"방은요?"

"여덟 개예요."

"맙소사!"

"아니, 왜 그러시죠? 그렇게 헤아려지는 게 아닌데. 제 설명이 잘못됐나봐요, 그쪽 분이 이해를 못하셨으니."

"이봐요, 제가 보기엔 일이란 늘 얼마나 했는지 헤아릴 수 있는 거예요. 늘, 어떤 경우든, 일은 늘 일이라는 겁니다."

"이건 그런 게 아니거든요, 장담해요. 이런 일에 대해서라면, 너무 많이 하는 편이 어중간하게 하는 것보다 낫다고 말씀드릴 수 있어요. 놀 시간이 생기거나 일 생각 말고 다른 생각을 할 시간이 생기면, 망한 거거든요."

"그쪽 분은 스무 살이시잖아요."

"네, 흔한 말로, 아직 세상에 폐를 끼칠 시간이 없었지요. 하지만 여기서 제 나이가 중요한 건 아닌 거 같은데요."

"반대로 저는 바로 그게 중요한 점이라고 보고 싶은데요. 그 집 사람들도 그 점을 잊어서는 안 되겠고요."

"그 사람들이 시키는 일을 우리가 전부 다 받아들이는 게 그 사람들 잘못은 아닌걸요. 제가 그런 입장이면 저도 그 사람들이랑 똑같이 했을 거거든요."

"제가 짐가방을 방에 두고 그 도시로 어떻게 들어갔는지 들려드리고 싶네요."

"좋아요, 들려주세요. 하지만 제 걱정 그렇게 안 하셔도 돼요. 제가 어느 날 참을성을 잃고 폭주하는 날이 오면, 저부터 놀랄 거거든요. 저는 늘 그 생각, 참을성을 잃고 폭주하면 위험할 거라는 생각뿐이라서, 그러면 어쨌든 저부터 놀랄 거거든요. 제 말씀 이해가 되세요?"

"그러니까, 그 작은 제 짐가방을 방에 두고 밖에 나오니 벌써 저녁이었는데……"

"아시다시피, 저희 같은 사람들도, 생각이 많거든요. 일 속에 파묻혀 있으니 할 수 있는 게 생각 말고는 없거든요, 그렇게 생각만 하고 있다보면, 미쳐요. 하지만 그쪽 분하고는 물론 달라서, 저희는 아무 일도 안 할 생각을 하지는 않는 거 같아요. 저희는 나쁜 생각을 해요. 늘 그래요."

"저녁이었어요, 퇴근 이후 저녁 먹기 막 직전이었죠."

"저희가 하는 생각은 늘 똑같은 것, 늘 똑같은 사람들에 대한 생각이거든요, 늘 악의적이고요. 그래서 저희가 그쪽으로 많이 조심하는 거고, 그러니까 그런 걱정 안 하셔도 돼요. 좀전에 직업을 말씀하셨는데, 그 직업이란 게 온종일 악의적 상상을 자극하는 그런 직업일까요? 말씀하시길, 저녁이었다고, 짐가방을 두고 밖에 나왔다고 하셨지요?"

"맞아요, 제 짐가방을 방에 두고 밖에 나오니까 벌써 저녁, 저녁 먹기 막 직전이었어요, 저는 시가지를 걷고 있었죠. 식당을 찾고 있었어요. 비용에 제약이 있을 때 합당한 식당을 찾기란 더디고 어려운 작업이잖아요. 그렇게 식당을 찾다가 중심가를 약간 벗어나서 동물원 앞까지 가게 됐어요. 바람이 불고 있었지요. 바쁜 일과에서 빠져나온 사람들이 그 안에서 산책을 하고 있었고요, 아까도 말씀드렸듯이, 그 동물원은 시가지가 내려다보이는 높은 곳에 위치해 있어요."

"그래도 확신하건대, 살아 있다는 건 좋은 게 아닐까요. 그게 아니라면, 그렇잖아요, 제가 이 고생을 할 필요도 없잖아요."

"무슨 일이 일어난 건지는 모르겠어요. 그 공원에 들어서자마자 저는 살아 있는 거 자체에 만족하는 사람이 되어 있었거든요."

"어떤 사람이 어떤 공원에 가보는 것만으로 행복해질 수 있다니, 저는 어떻게 그럴 수 있는지 모르겠는데요."

"하지만 제가 들려드리는 이런 이야기는 정말 흔히 겪는 일인걸요, 앞으로 살아가시는 동안 이거랑 비슷한 이야기를 많이 들으실 거예요. 저는, 아시다시피, 이러고 사는 사람이다보니, 가령, 저한테는 말을 한다는 게 일종의 행운이거든요. 어쨌든 그 공원에서 제 마음이 문득 편안해져 있었어요, 그런 데가 만들어진 게 다른 사람들만큼이나 저를 위해서인 것 같았어요. 어떻게 말씀드리는 게 나을지 모르겠는데, 갑자기 어른이 된 느낌이었다고 할까, 제가 사는 동안 저한테 일어난 일들을 드디어 같은 높이에서 마주하고 있는 것 같았죠. 저는 차마 그 공원을 떠날 수가 없었어요. 산들바람은 기분좋게 불고 있었고, 햇빛은 꿀처럼 노랗게 물들어 있었고, 사자들도 그렇게 거기 있다는 게 기분좋은 듯 하품을 하고 있었어요, 모든 털끝으로 이글이글 빛을 내면서요. 공기에서 불 냄새와 사자들 냄새가 동시에 났고, 저는 마치 그 공기가 드디어 저에게 찾아온 우정의 냄새이기라도 한 양 숨을 들이마셨지요. 지나가는 모든 이들이 서로가 서로를 배려하며 그 꿀처럼 노란 빛 속에서 평안을 누리고 있었고요. 그들이 사자를 닮았다고 생각했던 게 기억나네요. 저도 갑자기 행복해졌지요."

"그런데 어떻게 행복하셨는지, 편히 쉬고 있는 사람처럼요? 심한 더

위에 시달리다가 시원함을 느낀 사람처럼요? 사람들, 그러니까 날마다 행복하다는 사람들처럼요?"

"그보다는 더요, 제 생각엔, 그건 아마 제가 평소 그런 데 익숙지 않아서였을 거예요. 어떤 엄청난 활력이 머리 쪽으로 올라왔는데, 어떻게 해야 할지 모르겠더군요."

"그 활력 탓에 고통스러우셨나요?"

"그랬던 거 같아요, 활력을 발산할 만한 데를 못 찾으면 그만큼 괴롭잖아요."

"전 그런 게 희망이라고 생각해요."

"맞아요, 그런 게 희망이지요, 저도 알아요. 그런 것도 희망이라면 희망이니까. 무엇에 대한 희망일까요? 무엇에 대한 것도 아닌 희망이죠. 희망을 향한 희망이랄까."

"우리가 다 그쪽 분 같다면, 해낼 수 있는 게 아무것도 없겠네요."

"하지만 그 공원의 모든 오솔길 끝에서, 정말 모든 오솔길 끝에서, 바다가 보였어요. 바다가, 솔직히 제게 바다가 있든 없든 무슨 상관이겠어요, 평소 사는 데 바다가 무슨 소용이겠어요, 그런데 그때 거기서는, 사람들이 다 바다만 쳐다보고 있더라고요, 모두가, 거기서 태어난 사람들도 다 그러고 있고, 그때 제 눈에는 사자들도 다 그러고 있는 것처럼 보이더라고요. 그러니 평소 그게 저한테 중요한 게 아니라 해도, 사람들 모두가 바라보고 있는 걸 어떻게 제가 안 보겠어요?"

"해가 지고 있었다고 말씀하셨으니 바다가 그렇게 푸르지는 않았겠네요."

"맞아요, 호텔을 나올 때만 해도 푸른빛을 띠고 있었는데, 제가 그 공원에 들어선 지 얼마 안 되어 금방 짙어졌고, 점점 잔잔해졌지요."

"아닐걸요, 바람이 불고 있었다고 하셨으니, 잔잔하지는 않았을 텐데요."

"하지만 아주 약한 산들바람이었다는 걸 알려드려야겠네요, 시가지에서만 불고 들판에서는 불지 않는, 높은 곳에서만 부는 바람이었을 거예요. 바람이 어느 쪽에서 불어오고 있었는지 이제는 잘 모르겠지만, 먼바다에서 불어온 건 아니었을 거예요."

"그렇다고 해도, 그때 그 석양이 모든 사자를 비추고 있지는 않았을 걸요. 그러려면 그 공원의 모든 사자 우리들이 같은 쪽에서 석양을 향하고 있어야 했을 테니까요."

"그건 제가 확실하게 말씀드릴 수 있는데, 전부 그렇게 같은 방향을 향해 있었어요. 석양이 모든 사자들을 한 마리도 빠짐없이 비추고 있었고요."

"그렇다면 해는 앞쪽 바다에서 지고 있었겠네요."

"맞아요, 말씀하신 대로예요, 잘 알아맞히셨어요. 시가지와 동물원은 아직 해를 받고 있었는데, 바다에는 벌써 그림자가 드리워 있었어요. 그게 삼 년 전이에요. 그러다보니 그때가 아직도 이렇게 가깝게 느껴지고 그때의 기억을 이야기하는 게 좋아요."

"무슨 말씀인지 이해가 되네요. 말을 안 하고 지낼 수 있을 거 같지만, 지내다보면 그게 안 되거든요. 가끔 저는 이렇게 모르는 사람들한테 말을 해요, 지금처럼요, 맞아요, 늘 이 공원에서요."

"말을 하고 싶어하는 마음이 사람들한테 이렇게 강하게 있는데, 이런 마음을 일반적으로 알아보지 못한다는 게, 정말 이상하지요. 이런 게 자연스럽게 느껴지는 데는 이런 공원밖에 없는 거 같아요. 방이 여덟 개라고 하셨던가요? 큰 방 여덟 개인가요?"
"정확히는 모르겠는데, 제가 보는 게 다른 사람들과는 다를 거라서요. 일반적으로 보기엔 큰 것 같아요. 하지만 그렇게까지 크지는 않을 수도 있고요. 솔직히 말씀드리면 그때그때 달라요. 끝도 없이 커 보이는 날이 있는가 하면, 숨막히는 느낌 탓에 작게 느껴지는 날도 있지요. 그런데 그런 걸 왜 물어보시나요?"
"별 이유는 없어요, 그냥 궁금해서요. 단순한 호기심 말고는 아무 이유 없어요."
"그래요, 저도 잘 알아요. 이러고 사는 게 좀 바보 같아 보이겠지만, 저로서는 달리 할 수 있는 게 없어요."
"제가 제대로 이해했다면, 그쪽 분은 아주 야심 있는 사람 같아요, 남들이 가진 걸 모두 다 갖고 싶어하고, 착각일 수도 있는데…… 그렇게 여겨지는 것일 수도 있는데…… 아주 용감하게 그걸 바라는…… 영웅적인 분 같아요."
"저는 그 단어가 무섭지 않아요, 그 단어에 대해 생각해본 적은 없지만요. 보시다시피 저는 이렇게까지 가진 게 없는데, 제가 못할 일이 뭐가 있겠어요? 힘을 내서 살고 싶은 만큼 그 힘으로 죽고 싶을 수도 있지 않겠어요? 살아가는 낙을 위해 제가 그 용기를 포기하면서 살까요, 좀더 말해주시겠어요? 누가, 그 무엇이 그런 가혹함을 누그러뜨릴 수 있겠어요? 누구라도 제 입장이라면 똑같이 그럴 테고, 제가 열심히 원하는 걸 원할걸요."
"맞네요, 네, 그 말씀이 맞아요, 그런 경우들이 있지요, 모두가 자신이

해야만 한다고 여기는 걸 하며 살죠, 안 그래요? 영웅으로 살아가는 거 말고는 다른 수가 없는 경우들도 있네요."

"이해하시겠지요. 만약 제가 어떤 일 하나를, 그게 무슨 일이 됐든, 안 하겠다고 거절한다면, 그건 저한테는 계획대로 사는 삶, 저 자신을 보호하는 삶, 제가 하는 일에 관심을 갖는 삶의 시작이거든요. 그렇게 뭐 하나를 거절하고, 그렇게 또다른 하나를 거절하고, 그다음은요? 그러다가 결국 저는 제 권리들을 진지하게 받아들이고 그 권리들이 존재한다고 여기게 될 정도로 제 권리를 잘 돌보게 되겠죠. 그것에 대해 계속 생각하게 될 테고, 더는 지루하지도 않겠죠. 그럼 저는 망한 거거든요."

두 사람 사이에 침묵이 흘렀다. 구름 뒤에 있던 해가 다시 환하게 빛났다. 잠시 후, 젊은 여자가 다시 입을 열었다.

"그 공원에 가서 그렇게 행복을 느끼시고 난 다음에는, 어떻게 됐나요? 계속 행복하셨나요?"

"몇 날 며칠을 행복했어요. 그럴 수도 있더군요."

"그런 일이 누구에게나 일어날까요? 어떻게 생각하세요?"

"누군가에게는 그런 일이 결코 일어난 적이 없을 수도 있겠지요. 그런 생각을 하면 견딜 수 없지만, 분명 그럴 가능성도 있죠."

"그쪽 분은 지금 가정을 하시는 거지요? 아닌가요?"

"예, 제가 틀렸을 수 있지요. 솔직히 말씀드리자면 저는 아무것도 모르겠습니다."

"그래도 그쪽 분은 그런 것들에 대해 아는 게 많으신 분처럼 보이는데요."

"아니에요. 제가 남들보다 더 아는 건 아니에요."

"여쭤보고 싶은 게 또 있는데요. 앞쪽 바다에서 해가 지고 있었다고 해도, 그런 나라들에서는 해가 아주 빨리 지듯이, 그뒤에 그림자가 곧바로 시가지를 뒤덮었겠지요, 아닌가요? 해가 지기 시작하고 십 분이 지나고 나서는 정말 그렇게 됐겠지요?"

"네, 그런데 제가 거기 들어선 게 바로 그 순간이거든요, 그건 확실해요, 그 순간, 아시다시피, 불타오르고 있었던 거죠."

"믿을게요."

"그래 보이지 않는데요."

"아니에요, 전혀. 게다가 다른 시간대에 들어가셨다고 해서 그다음에 달라질 건 없었겠지만요, 아닌가요?"

"맞아요, 달라질 건 없었겠지요. 하지만 제가 들어간 건 바로 그 순간이에요, 하루 중 그 시간대는 몇 분에 불과하지만."

"한데 어쨌든 문제는 그게 아니잖아요?"

"그럼요. 문제는 그게 아니죠."

"그런데, 그리고 나서는 어떻게 됐나요?"

"그러고 나서도, 공원은 그대로였어요, 밤이 온 것만 빼면요. 바다에서 시원한 공기가 올라오더군요, 낮 무더위가 심하던 날이라서 그 시원한 공기가 너무 반가웠지요."

"그래도 결국은 저녁을 드셔야 했잖아요, 그죠?"

"그때는 허기가 별로 안 느껴졌어요, 갑자기 갈증이 나더군요. 그날 저녁에는 식사를 건너뛰었어요. 어쩌면 그럴 생각을 안 했던 거 같아요."

"하지만 그거 때문에, 식사 때문에 숙소에서 나오셨잖아요?"
"맞아요, 그런데 나와서는 그걸 잊어버렸어요."
"저는, 있잖아요, 온종일이 밤 같아요."
"하지만 그것도 그쪽 분이 그러길 바라서 그런 거잖아요, 아닌가요? 그 상태에 들어섰을 때와 같이 벗어나고 싶으신 거고요, 요컨대, 긴 밤이 지나면 딱 잠에서 깨어나듯이. 물론 그렇게 주변이 다 밤이기를 바라는 마음이 어떤 마음인지는 알지만, 아시잖아요, 제가 보기엔 아무리 그래봤자 낮의 위험이란 그래도 뚫고 들어오거든요."
"하아, 이건 그렇게까지 깊은 밤도 아니라서, 낮이 그렇게까지 위협적일 거 같지도 않거든요. 제 나이가 스무 살이에요. 저한테는 아직 아무 일도 안 일어났어요. 전 잘 자고 있는 상태예요. 하지만 언젠가, 전 완전히 깨어나야 해요, 반드시 그래야 하거든요."
"그러니까, 그쪽 분에게는 그렇게 똑같은 날들이 흘러가는군요, 아무리 다양한 날들 속에 있어도."
"오늘 저녁에는 주인 내외 친구들이 와요, 매주 목요일에 오거든요. 복도 맨 끝에 있는 부엌에서 저 혼자 양고기 구이를 먹는 날이에요."
"그렇게 목요일마다 그 사람들이 웅성거리는 소리를 들으면, 멀리서는 그 대화가 늘 똑같이 들려서 그들이 매주 목요일마다 똑같은 대화를 한다고 생각할 수도 있겠는데요."
"맞아요, 늘 그랬듯이 대화 내용을 전혀 못 알아들어요."
"그쪽 분은 거기 남은 양고기 구이 사이에서 혼자 선잠에 드시겠고요. 양고기 접시를 치우고 후식을 내오라며 그쪽을 부르겠지요."
"아니에요, 저를 부를 때는 종을 치거든요, 하지만 그럴 때 제가 깨어날 거라고 생각하셨다면 잘못 생각하셨어요, 저는 반쯤 잠든 채로 식사 시중을 들어요."

"그들이 그쪽 분이라는 존재를 전혀 모른 채로 시중을 받듯, 그쪽 분도 마찬가지라는 뜻이군요. 그러니까 피장파장이다, 그들은 그쪽을 슬프게도 기쁘게도 할 수 없다, 그러니 잠든 상태다, 그 뜻이군요."

"맞아요, 그러다 그들은 떠나고, 집안은 다음날 아침까지 다시 조용해져요."

"그쪽 분은 다시 최대한 완벽한 시중을 들면서도 그들을 완전히 모른 체하는 하루를 시작하시겠고요."

"물론 그렇지만, 하아, 저는 잘 자고 있는 거거든요! 혼미한 상태에다, 선잠 든 상태인데, 그들도 어쩌지 못해요. 그런데 그쪽 분은 왜 이 이야기를 하시나요?"

"아마 그쪽 분 스스로가 그 상태를 떠올려봤으면 했나봐요, 저도 모르겠네요."

"네, 그런 거 같아요, 하지만, 보세요, 앞으로 언젠가 때가 되면, 저는 응접실로 쳐들어갈 거예요, 두 시간 반이 지나면, 말할 거예요."

"그러셔야지요."

"이렇게 말할 거예요. 저 오늘 저녁에 여기 일 안 해요, 라고. 안주인이 저를 돌아보면서 깜짝 놀라겠지요. 그럼 이렇게 말할 거예요. 왜 제가 시중을 들어야 해요, 오늘 저녁부터는⋯⋯ 오늘 저녁부터는⋯⋯ 아, 이게 아닌데. 이런 중요한 이야기를 할 때는 어떤 식으로 해야 하는지 잘 모르겠어요."

남자는 대답이 없었고, 어느새 다시 불기 시작한 바람의 포근함에 남자가 관심을 두고 있다고 여겨졌을지 몰랐다. 젊은 여자는 그녀가 막 했던 말에 대해 대답을 기다리는 기색이 전혀 없었다.

"며칠 있으면 여름이겠네요." 남자가 말했다. 그러고는 탄식하듯 덧붙였다. "하아! 우리 같은 사람들은 정말 밑바닥 중에서도 밑바닥이에요."

"그런 사람들도 세상에 필요하다지요."

"모든 사람이 세상에 필요하다지요."

"하지만 세상이 왜 이래 하고 자문해볼 때가 있잖아요."

"다른 사람들이 아니고 왜 하필 우리냐, 그렇게요?"

"네, 그렇게요. 하지만 하필 우리라는 점에서, 이게 우리든 다른 사람들이든 결국 마찬가지 아니겠느냐, 또 자문해보기도 하고요. 가끔은 그렇게 자문해볼 때가 있잖아요."

"맞아요, 그리고 가끔은, 어떤 경우에는, 그 편이 마음 편할 수 있어요, 결국."

"제 경우는 아니에요, 그걸로는 제 마음이 절대, 절대 편할 수 없어요. 저는 이게 남들이 아니라, 그저 제 문제일 뿐임을 아는 데서 끝내야해요. 안 그러면 저는 망한 거거든요."

"누가 알겠어요, 어쩌면 일을 아주 금방 그만두시게 될지, 올 여름에 확 그만두실지, 정말 모를 일이죠, 그 응접실에 들어가셔서는 세상아, 이제부터 나 없이도 잘 살아라, 하고 선언하시게 될지."

"정말이지 그걸 누가 알겠어요? 제가 세상에 대해 떠들다니, 그건 오만함이지만, 그쪽 분도 그렇게 말씀하시겠지만, 저는 늘 제가 하는 이야기가 세상 전체를 두고 하는 이야기 같거든요, 무슨 뜻인지 아시겠어요?"

"그럼요, 알아요."

"저는 그 응접실 문을 열 거예요, 아무렴요, 그렇게 단번에, 영원히 그만둘 거예요."

"그러고 나서는 그 순간을 영원히 떠올리실 테고요, 마치 제가 그때의 여행을 기억하듯이. 그때 이후 저는 그렇게 좋았던 여행을 한 적이 없어요, 그렇게까지 저를 행복하게 하는 여행도 없었고요."

"왜 갑자기 그렇게 슬프게 말씀하시나요? 제가 앞으로 언젠가 그 문을 열어야 한다는 게 슬픈 일이라고 생각하시나요? 전적으로 바람직한 일은 아니라고 생각하시나요?"

"아니에요, 전적으로 바람직한 일이고 그 이상이라고도 생각해요. 그거보다 더한 일이라고 생각해요. 그쪽 분이 그 문을 연다고 하실 때, 만약에 정말로 그 말씀이 저를 좀 슬퍼지게 한다면, 그 문을 여시는 게 영원히 한 번일 거라서, 이후로는 그럴 일이 없으실 거라서, 그래서 그래요. 제가 말씀드린 그 나라만큼 마음에 드는 나라를 제가 또 찾아갈 날이 이따금 너무 멀리, 너무 멀리 있는 거 같아서, 그렇게 마음에 드는 나라에는 처음부터 안 가는 게 낫지 않았을까 하는 생각이 들어서, 가끔 그런가 자문해보기도 하지요."

"죄송한 말씀이지만, 이해해주세요, 저는 그게 어떤 건지 모르겠거든요, 다녀오셨다는 그 도시에 다시 다녀오고 싶으시다면서, 그 순간이 오기를 기다리시는 동안 괴로움을 느끼시는 거 같아서요. 그동안이 왜 기쁘지 않은지 아무리 제게 몇 번을 얘기하고 자상히 설명해주신다고 해도, 저는 이해할 수 없을 거 같아요, 저는 아는 게 아무것도 없어요,

제가 아는 거라고는, 나는 앞으로 언젠가 그 문을 열고 그 사람들에게 말해야 한다, 이거 하나밖에 없거든요."

"네, 그렇게 생각하시는 게 당연해요. 저의 괜한 생각들은 잊어버리세요. 단지 그쪽 분 말씀을 듣다가 문득 떠올리는 것일 뿐, 그쪽 분 의욕을 꺾고 싶지는 않아요. 오히려 그 반대죠, 보세요, 그 문에 대해서 질문을 드리고 싶을 정도인데요. 그쪽 분은 그 문을 열 어떤 특별한 순간을 기다리시는 건가요? 그 문을 열 결심을, 예를 들어 오늘 저녁에는 왜 안 하시는 건가요?"

"혼자서는 안 될 테니까요."

"그 말씀은, 당장은 돈도 없고 배운 것도 없으니, 똑같은 일을 다시 할 수밖에 없을 거다, 그러니 아무 소용 없을 거다, 그런 뜻인가요?"

"그런 뜻이기도 한데, 그게 다는 아니에요. 또 어떤 뜻이냐 하면, 혼자서는, 어떻게 말씀드려야 할지 모르겠는데, 혼자서는 의미가 없어질 거 같다, 네, 그 말이네요. 혼자서는 달라질 수 없을 테니까. 저는 그 댄스 클럽에 꾸준히 다닐 거예요, 언젠가는 한 남자가 저한테 자기 아내가 되어달라고 할 거고요, 그럼 전 그렇게 할 거예요. 그전까지는, 안 열 거예요, 못 열 거예요."

"시도해보신 적도 없다면, 그게 그렇게 운명 같을지 어떨지 어떻게 알 수 있죠?"

"시도해봤어요. 그래서 알아요, 혼자서는 무리라는 걸 알아요. 혼자라면…… 이런 처지는 아니겠지만, 한 도시에서 완전히 혼자라면…… 맞아요, 이미 말씀드렸듯이, 의미가 없어질 거 같거든요, 내가 원하는 게 뭔지 더이상 알 수 없을 테고, 어쩌면 내가 누구인지조차 더이상 알 수 없을 테고, 달라지기를 원한다는 것도 더이상 알 수 없을 테니까요. 아무것도 안 하면서, 이거 해서 무슨 소용인가 그런 생각이나 하면서, 그렇게 머물러 있겠지요."

"하시고 싶은 말씀이 뭔지 이제 좀 알겠네요, 그러네요, 웬만큼은 알겠네요."

"일단 누군가 저를 선택해야 해요. 그렇게 해서 전 달라질 힘을 내게 될 거예요. 모두한테 해당하는 말은 아니고요. 저한테는 그렇다는 뜻이에요. 이미 시도해봐서, 알아요. 배고파본 적이 있어서가 아니고요, 그건 아니에요, 그렇게 배고픈 동안에는 그게 중요한 게 아니더라고요. 내가 배고픈 건지 내 안에 다른 누가 있는 건지 그거조차 더이상 모르겠더군요."

"무슨 말씀인지 이해가 가네요. 그게 어떤 걸지 알 것도 같아요…… 그러네요, 짐작이 가네요, 저는 그쪽 분이 바라듯이 누가 됐건 그런 식으로 저를 선택해주기를 원한 적은 없지만, 어쩌다 한번 그런 일이 일어났다 해도 그걸 그렇게 중요한 문제로 여긴 적은 한 번도 없었어요."

"이해하시지요, 그쪽 분은 이해하시는지, 저는 어떤 사람한테도 선택받아본 적이 없어요, 저라는 사람과는 아무 상관 없는 능력 말고는, 가능한 한 있는 듯 없는 듯이라도 있으려면, 누군가에게 저는 일단 선택을 받아야 해요, 단 한 번이라도. 그러지 못한다면 저는 없는 거나 마찬가지인 존재가 될 거예요, 제 눈에도, 그러다 제 쪽에서 선택을 바랄 줄도 모르게 되겠죠, 그래서 제가 결혼에 그렇게 집착하는 거예요, 이해하시는지."

"그렇군요, 그러실 수 있겠네요, 하지만 아무래도 잘 모르겠어요, 그쪽 분이 자기 스스로 선택도 못한다면 누가 그쪽 분을 선택해주기를 어떻게 희망할까요."

"불가능해 보일 수 있다는 건 저도 잘 알지만, 그렇다고 해도 그렇게 일이 돌아가야 해요. 제 맘대로 제가 선택하게 된다면, 제 마음에 안 들 남자는 없을 거라서요, 저를 어느 정도 원한다는 조건만 충족된다면요. 한 남자가 제게 눈길을 준다면, 저는 그 사실 하나만으로도 그 남자를 원하게 될 거거든요. 그렇잖아요? 저를 원하는 남자라면 모두 제 마음에 안 들 리가 없는데, 제 마음에 들 남자가 누구일지 제가 어떻게 알겠어요? 짚어봐야 하지 않겠어요, 제가 가장 마음에 들어할 남자가 어떤 남자일지, 저 혼자서는 절대 알 수 없을 거예요."

"어떤 사람이 마음에 드는지는 어린애라도 알잖아요."

"하지만 저는 어린애가 아니거든요, 만약 제가 어린애가 되어 제멋대로 길거리를 쏘다니는 짓을 즐기게 된다면, 제가 잘 아는데, 누가 어디서든 저를 살펴보고 있다 싶으면, 저는 그 사람을 당장 따라갈 거예요. 그 남자는 저한테서 그런 쾌락만을 원할 테고, 저도 그 남자 옆에서 그런 쾌락을 찾게 될 테고, 저는 망하게 되겠죠, 그럼요, 완전히 그렇게 되는 거죠. 다른 식으로 살아볼 수도 있겠죠, 그쪽 분이 말씀하신 대로, 네, 맞는 말씀이죠, 하지만, 보세요, 어떤 식으로 살아야 할지 다시 생각해볼 용기가 이제 저한테는 더이상 남아 있지 않거든요."

"한데 다른 사람이 그쪽 분 대신 해준 선택이 마음에 안 들 수도 있고 나중에 그 사람을 불행하게 만들 수도 있을 텐데, 그 생각은 안 해보셨나요?"

"해봤죠, 전혀 안 해본 건 아니에요, 하지만 뭘 시작도 해보기 전에 벌써, 내가 나중에 다른 사람들에게 무슨 피해를 주게 되지는 않을까, 생각하고 있을 수는 없잖아요. 저는 이거 한 가지만 생각해요. 모든 사람이 살아가면서, 선택할 때마다, 실수할 때마다, 어느 정도 피해를 준다면, 이것이 그럴 수밖에 없는 거라면, 어쩌겠어! 나도 그럴 수밖에! 어쩔 수 없다면, 모두가 그러고 산다면, 나도 그러고 살 수밖에!"

"진정하시고요, 이거 한 가지는 믿으셔도 되는데요, 언젠가는 그들이 그쪽 분의 존재를 알아보게 될 거예요, 또다른 사람들도요. 하지만, 보시다시피, 그쪽 분이 말씀하시는 그 결핍에 거의 익숙해질 수도 있고요."

"어떤 결핍이요? 선택받아본 적이 없다는 거요?"

"네, 그렇게 표현할 수도 있겠네요. 선택받는다는 게, 저로서는, 정말이지 놀라운 일이라, 정작 그런 일이 제게 생긴다면 저는 웃어버릴 거 같아요."

"저라면 전혀 놀라지 않을 거 같아요. 오히려 아주 당연한 일이라고 저는 느낄 거 같아요. 내가 아직 그 누구에게도 선택받지 못했다는 거, 저한테 날이 갈수록 더 놀라운 건 이 사실이에요. 아무리 이해하려고 해도 저는 이게 이해가 안 가요, 아무리 익숙해지려고 해도 안 되는 게 바로 이거예요."

"언젠가는 그런 일이 일어날 겁니다, 제가 장담하죠."

"그렇게 말씀해주셔서 감사해요. 그런데 그 말씀, 그냥 저 기분좋으라고 해주시는 건가요? 아니면 그런 게 벌써 어디 드러나 있어서, 저에 대해 이미 약간은 짐작되는 게 있어서일까요?"

"그럼요, 벌써 짐작해볼 수 있지요. 솔직히 제가 많은 걸 생각해보고 말씀드린 건 아니지만, 그렇다고 그냥 기분좋으라고 드린 말씀은 아니거든요. 그건 전혀 아니에요. 그저 제 눈에 보이는 대로 말씀드린 거예요."

"그러면 그쪽 분 스스로에 대한 건 어떻게 아세요?"

"그건, 왜 그러냐 하면…… 그저, 저한테는 그게 놀랍지가 않거든요, 그럴 수밖에 없는데…… 그쪽 분이 원하시는 대로 다른 사람들 중에서 선택받지 못한다는 게, 그쪽 분한테는 그게 그렇게 놀라운 일이라 해도, 저한테는 그게 전혀 놀라운 일이 아니니까요."

"제가 그쪽 분 입장이라면, 그 욕구를 어떻게 해서든 끌어낼 거 같거든요, 그렇게 그냥 지내지는 않을 거 같거든요."

"하지만 제 속에는 그런 욕구가 없으니까, 저한테 그런 마음이 생기려면…… 외부에서 오는 수밖에 없거든요. 달리 어쩌겠어요?"

"하아, 그쪽 분이 그러시니까 저는 죽고 싶은 마음이 생기네요."

"단지 저 때문에요? 아니면 제 말투 때문에요?"

"말투 때문이겠지요, 그쪽 분 때문이기도 하고, 저 때문이기도 하고."

"누가 저 때문에 그렇게 뭔가에 대해 폭력적인 마음이 생기는 거, 그게 제 평생에 한 번뿐일지라도, 저한테는 정말이지 그렇게 싫은 게 없군요."

"죄송해요."

"아니에요! 정말 괜찮아요."

"그리고 다시 한번 감사드려요."

"뭐 때문에요?"

"글쎄요, 친절하게 대해주셔서요."

2

가만히, 아이가 공원 저쪽 끝에서 다가와 또다시 젊은 여자 앞에 섰다.

"목말라." 아이가 말했다.

젊은 여자가 가방에서 보온병과 컵을 꺼냈다.

"하긴, 빵 두 조각을 먹었으니 목이 마르겠군요." 남자가 말했다.

젊은 여자가 보온병을 들어 보이곤 뚜껑을 열었다. 아직 따뜻한 우유에서 햇빛 속으로 김이 피어올랐다.

"하지만 우유도 가져왔는걸요." 여자가 말했다.

아이가 컵에 담긴 것을 꼴깍꼴깍 마시더니 젊은 여자에게 컵을 돌려주었다. 아이의 장밋빛 입술 주변에 우유 구름이 남아 있었다. 젊은 여자는 민첩하게 말끔히 닦아주었다. 남자가 아이를 향해 미소 지었다.

"제가 그렇게 말씀드린 건, 그냥 그런 게 눈에 들어와서였어요. 그거 말고 다른 뜻은 없었어요." 남자가 말했다.

아이는 자기를 향해 미소 짓는 남자를 철저히 무관심하게 쳐다보았다. 그러고는 모래 쪽으로 돌아갔다. 젊은 여자가 눈으로 아이를 좇았다.

"저애 이름은 자크예요." 여자가 말했다.

"자크로군요." 남자가 되뇌었다.

하지만 그가 생각하고 있는 것은 그 아이가 아니었다.

남자가 말을 이었다. "아이들이 우유를 마신 뒤 입 주위에 흔적이 남는 걸 눈여겨보신 적이 있는지 모르겠네요. 그게 참 묘해요. 아이들도 벌써 태도가 있고, 말을 하고, 걸어다니고 하는데, 우유를 마실 때는, 갑자기, 역시 아이들이구나 하는 생각이 들면서……"

"저애는 '우유'라고 안 하고 '내 우유'라고 해요."

"그렇게 애들이 우유를 묻히는 걸 보면, 저는 갑자기 자신감이 생기더라고요. 왜 그런지 할말은 없지만. 마치 뭔지 모를 압박감에서 벗어난 안도감 같달까요. 맞아요, 모든 아이는 나를 그 공원의 사자들에게로 데려가는구나, 정말 그런 생각이 들어요. 아이들은 작은 사자들 같아요, 작기는 하지만, 맞아요, 정말로 사자들 같아요."

"하지만 그쪽 분이 아이들에게서 받는 행복은 동물원 우리 속에서 해를 향하고 있던 그 사자들에게서 받던 행복과는 종류가 다른 거 같은데요."

"아이들도 행복을 주기는 하지만, 맞아요, 똑같은 행복은 아니에요. 아이들은 귀찮게 굴기도 하고, 늘 일을 방해하지요. 제가 사자를 특별히 좋아한다는 뜻은 아니에요, 아시겠죠, 그건 아니에요. 그런 게 아니라, 그냥 말이 그렇다는 거예요."

"어쩌면 그쪽 분이 그 도시를 너무 중시하시는 게 아닐까, 그쪽 분의 남은 인생이 그 때문에 좀 힘들어지지 않을까 싶기도 한데요. 그게 아니라면, 아까도 여쭤보았듯이, 그 도시가 그쪽 분께 어떤 행복을 줬을지를, 그곳에 가본 적도 없는 제가 이해하기를 원하시는 건가요?"

"그런 거 같아요, 바로 그쪽 분 같은 상대에게 저는 그 얘길 잘 들려드리고 싶은 거 같아요."

"그렇게 친절하게 대해주셔서 감사해요, 하지만 보시다시피, 내가 이런 처지에서 특별히 불행한 사람이다, 같은 처지에 있는 다른 사람들보다 내가 더 불행하다, 그런 말씀을 드리려던 건 아니거든요. 그럼요, 문제는 전혀 다른 건데요, 안타깝게도, 세상 어느 나라에 가본다 해서 그게 저를 바꿔놓을 수는 없다는 거예요."

"사과드려요, 하지만 제가 그 나라에서 보낸 순간들을 바로 그쪽 분 같은 상대에게 잘 들려드리고 싶다는 말씀은, 그런 뜻으로 드린 말씀이 아니라, 그쪽 분은 자기가 불행한 줄도 모르는 불행한 사람이라거나 그쪽 분이 뭘 좀 배우는 게 좋으리라거나 하는 뜻으로 드린 말씀이 전혀 아니라, 그쪽 분이 제가 하고 싶은 말을 다른 누구보다 잘 이해해줄 상대라는 느낌이 들어서 그랬을 뿐이에요. 믿어주세요, 그게 다예요. 그런데 제가 그 도시 얘기를 너무 강조해서 그쪽 분이 제 말씀을 오해하실 수밖에 없었던 거 같네요."

"아니에요, 그렇지는 않았어요, 저는 그저 미리 알려드린 거였어요, 그쪽 분이 저를 불행한 사람이라고 잘못 생각하셨을까봐, 그렇다면 그건 잘못이라고 말씀드리고 싶었던 거뿐이에요. 물론 저도 울 때가 있어요, 그건 사실이죠, 하지만 그저 조바심이 나서, 화가 나서 운다고 할까요. 슬퍼서가 아니에요, 마침내 저 자신에 대해 진지하게 슬퍼해야 하는 날이 오기를, 아직 전 기다리고 있거든요."

"그렇군요, 무슨 말씀인지 알겠네요, 하지만 때로 그렇게 착각할 수 있잖아요, 안 그래요? 착각인데 착각인 줄 모를 수도 있고요."

"아니에요, 그럴 리 없어요. 저는 세상 사람들처럼 불행해지거나 불행해지지 않거나, 그렇겠죠. 저는 남들과 똑같은 불행을 감당하고 싶고, 그게 아니면 최대한 불행을 피할 거예요. 인생이 행복한 게 아니라면, 저는 인생이 그렇다는 걸 스스로 알아내고 싶거든요, 그러니까, 제 힘으로, 끝까지, 최대한 철저히 알아내고 싶거든요. 저는 그렇게 원하던 대로 하다 죽을 거고, 누군가는 저를 위해 울어줄 거예요. 한마디로, 제가 바라는 건 공동의 운명일 뿐이란 거예요. 한데, 어쨌든, 그때 어떠셨는지 좀더 얘기해주세요."

"제가 이야기를 썩 잘하는 편은 아니잖아요. 아시다시피, 전 잠을 안 잤는데, 전혀 피곤하지가 않았어요."

"그러고요?"

"아무것도 안 먹었는데 배도 안 고팠어요."

"그러고요?"

"저의 작은 고충들이, 그때껏 제 상상으로만 존재했을 뿐이란 듯 다 사라졌어요. 그게 먼 과거의 일인 듯 기억으로 떠오르면서 웃음이 나더군요."

"하지만 결국은 허기와 피로를 느끼셨겠지요, 그랬을 수밖에 없잖아요."

"그랬겠지요, 하지만 그 도시에서 허기가 지고 피로해지도록 충분히 오래 머물러 있진 않았어요."

"다른 데서 다시 피로를 느끼셨을 때는, 엄청나게 피곤하셨을 텐데요?"

"길가의 숲에서 온종일 잤어요."

"무서워 보이는 부랑자처럼요?"

"네, 비슷했어요, 제 옆에는 가방이 있었지만요."

"무슨 말씀인지 알겠네요."

"아닐 거예요, 그쪽 분은 아직 모르실 거예요."

"알려고 애쓰고 있다는 말씀을 드리는 거예요, 하지만 언젠가는 저도 알게 되겠지요, 그쪽 분이 들려주신 이야기를 저도 전부 이해하게 되겠지요, 모두가 이해할 수 있을 이야기니까, 아닌가요?"

"맞아요. 그쪽 분이라면 언젠가 그 전부를, 최대한 완전히 이해하실 수 있을 거 같아요."

"하아! 그쪽 분은 상상도 못하실 거예요, 제가 방금 말씀드린 대로 한다는 게, 이렇게 저 혼자서 남들과 같은 운명을 짊어진다는 게 얼마나 어려운 일인지. 특히 어려운 게 뭐냐 하면, 모든 사람이 누리는 혜택을 나도, 나 혼자서라도 누리길 바라는 데서 스스로에게 찾아드는 무기력한 마음을 극복해내는 거예요."

"사실 사람들이 혜택을 얻고자 노력하는 일을 못하게 되는 건 결국 그런 무기력 때문인지도 모르겠네요. 그런 어려움을 극복하시다니 존경스럽네요."

"그런 말씀 마세요! 그걸로 다 되는 게 아니거든요. 지금껏 저를 마음에 들어한 남자들이 몇 명 있었다고 쳐도, 저한테 청혼한 사람은 아직 단 한 명도 없었어요. 어느 젊은 여자를 좋아하는 것과 그 여자를 아내로 삼고 싶어하는 것은 전혀 다른 일이지요. 제 말은 제가 그 선을 넘어야 한다는 거거든요. 다른 길이 없어요. 살면서 한 번은 긍정적으로 진지하게 제가 받아들여져야 하거든요. 그쪽 분에게 하나 여쭤보고 싶은데요, 어떤 걸 원하는 마음을 늘 간직한다면, 한 시간이 멀다 하고 낮이나 밤이나 그 마음을 다잡는다면, 원하는 걸 필연적으로 얻게 될까요?"

"그런다고 필연적으로 얻게 될 거 같지는 않지만, 원하는 걸 얻고자 노력하는 데는 그게 최선의 방법이겠고 가능성이 가장 높겠지요. 다른 방법은 모르겠네요."

"이게 다 그냥 말이잖아요? 그쪽 분과 제가 아는 사이도 아니고, 그러니 저한테 진심을 말씀해주셔도 돼요."

"이게 제 진심이에요, 방금 말씀드렸듯이, 저는 다른 방법은 모르겠어요. 하지만 저는 그런 경험이 거의 없다보니까 제가 거기에 대해서 뭘 잘 안다고 할 수는 없어요."

"왜냐하면 딴판으로 얘기하는 걸 들은 적이 있어서요, 원하는 걸 얻는 데 전혀 얻으려고 애쓰지는 않았다던데요."

"하지만 그걸 그토록 원하면서 동시에 그걸 원하지 않는다는 게 어떻게 가능하다는 건가요?"

"제 말이 바로 그 말이에요, 그리고 솔직히 말씀드리자면, 제가 그런 방법을 진지하게 고려했던 것도 아니고요. 그건 세부적인 무언가를 원하는 사람들, 원하는 무언가를 이미 가진 상태에서 또다른 무언가를 원하는 사람들을 위한 방법 같고, 우리 같은 사람들을 위한 방법은 아닌 거 같아서, 아니, 죄송해요, 그저 저 같은 사람들을 위한 방법은 아닌 거 같다는 뜻이에요. 저 같은 사람들은 전부를 원하거든요, 세부적인 무언가를 원하는 게 아니라…… 어떤 말이 좋을까요?"
"본질적인 무언가를 원한다는 말은 어떨지요."
"좋은 거 같아요. 하지만 이제 그쪽 분이 아이들에 대한 이야기를 좀 더 들려주셨으면 좋겠어요. 아이들을 좋아하신다고 하셨지요?"
"네. 저는 가끔 말 상대를 못 찾으면 아이들한테 말을 해요. 하지만 잘 아시다시피 아이들한테는 많은 말을 할 수는 없잖아요."
"하아! 그쪽 분 말이 맞네요, 우리는 밑바닥 중에서도 밑바닥이네요."
"하지만 전 그렇거든요, 때로 말이 너무 하고 싶어서 아이들에게 말을 걸기는 하지만, 그게 제가 불행하거나 우울한 사람이라는 뜻은 아니거든요. 그럼요, 그건 아닌데, 그러니까 제 인생이 이 모양이기는 하지만 어쨌든 어느 정도는 제가 선택한 인생인데, 제가 제 불행을 자초했다 치면 미친 사람일 테니까요."
"제 말은 그런 뜻이 아니었는데, 죄송해요. 이렇게 날씨가 좋다보니 입에서 그런 말이 나와버렸네요. 부디 절 이해해주시고 기분 나빠하지 말아주세요. 가끔 저는 날씨가 좋으면 모든 것에 의심을 품기도 하지만, 몇 초 그러다 말아요. 용서해주세요."
"그런 말씀 마세요. 그게 뭐 대수라고요. 제가 가끔 공원에 가는 건, 며칠 동안 말을 안 하고 지내게 되었을 때예요, 아시잖아요, 잡담 같은 거, 그런 때는 제 상품을 사러 오는 사람들하고 말하는 거 아니면 말을 할 기회가 없거든요. 사람들이 바쁘기도 하고 정말이지 경계심이 많다 보니까 제가 팔고 있는 면포가 좋다는 말 말고는 말 한마디 못 붙이게 되는데. 그 상태로 며칠 지내면, 그런 느낌이 드는 게 당연하잖아요. 누군가와 수다를 떨고 누군가의 얘기를 들어주고 하는 데 너무 미련이 남아서 약간 열이 날 정도로 몸이 아플 수도 있다는 거예요."

"네, 저도 알아요, 그럴 때는 말할 상대만 있다면 다른 건 없어도 될 것만 같지요, 배도 안 고프고 피곤하지도 않고. 하지만 그 도시에 가셨을 때는 아이들 없이 지내셨다는 거지요?"

"맞아요, 그 도시에서는요. 제 곁에 아이들이 있진 않았지요."

"저도 그런 말씀이라고 이해했어요."

"아이들을 멀찍이서 보고 있었지요. 도심 바깥에는 아이들이 많고, 그애들은 아주 자유롭거든요, 다섯 살부터, 그쪽 분이 보살피는 저 아이 또래부터, 거기 아이들이 온 도심을 가로질러 동물원에 가더군요. 먹는 건 아무때나 먹고 오후에는 사자 우리 그늘에서 잠을 자더라고요. 아이들이 그 사자 우리 그늘에서 자는 걸, 그래요, 저는 멀찍이서 바라봤지요."

"맞아요, 아이들은 시간이 많잖아요, 누가 무슨 말을 하면 대꾸도 잘하고, 언제든 이야기 듣는 걸 좋아하지요. 하지만 아이들한테는 할말이 별로 없어요."

"맞아요, 그게 문제예요, 아이들은 혼자 있는 사람들에 대한 편견도 없고, 모르는 사람들에 대한 경계심도 없지만, 방금 말씀하신 대로, 아이들한테는 할말이 별로 없어요."

"그래도 말을 하시잖아요?"

"하아! 만약 아이들한테 비행기나 기차 이야기를 하면, 아이들 눈에는 우리도 다른 사람들과 똑같아 보이거든요. 아이들에게 할 수 있는 말은 그런 말이에요, 항상 같은 말이지요. 바뀌는 게 별로 없어요. 그래도 결국 말을 하지만요."

"다른 이야기를 하면 아이들은 이해를 못하잖아요, 예를 들어 불행에 대한 이야기 같은 거죠, 그러니 아이들과 말을 하는 게 크게 도움이 되지는 않을 거 같은데요."

"다른 이야기를 하면 더이상 아이들이 안 듣더라고요, 다른 데로 가 버리던데요."

"저는 가끔 오로지 저 혼자랑 말을 해요."

"저도 그런 적 있어요, 저도 그랬어요."

"혼잣말은 아니에요. 그런 게 아니라 상대가 있어요, 순전히 제 상상 속의 상대이긴 한데, 누구라도 상관없는 상대가 아니라 저와 개인적으로 원수지간인 상대거든요. 제가 이래요, 친구 하나 없으면서 원수들이나 만들어내고 있지요."

"그쪽 분은 그런 상대한테 무슨 말을 하시나요?"

"욕을 해요, 아무 설명 없이 다짜고짜 욕을 해요. 저는 왜 이러는 걸까요?"

"누가 알겠어요? 아마 상상 속의 원수에게 이해받으실 수 없어서가 아닐까요? 그리고 이해받는 즐거움을, 이해받을 때의 위안을 그쪽 분이 잘 견디실 수 없어서가 아닐까요?"

"그렇기도 하고, 그런 말도 말이라서가 아닐까요? 제 일과 관련해 한 마디하는 그런 게 아니니까요."

"그러네요, 그럴 때 기분이 좋아지는데 옆에 듣는 사람도 없다면, 굳이 안 하는 거보다는 하는 게 낫지요."

"아까 제가 아이들이 이해하지 못하는 불행에 대해 말씀드렸을 때, 저는 일반적인 불행을, 어떤 특정인의 불행이 아니라 모든 사람의 불행을 말씀드린 거였어요."

"저도 바로 그렇게 이해했어요. 아이들이 불행을 이해한다는 건 그야말로 못 견딜 노릇이지요. 분명 누구도 아닌 아이들이 불행해지는 것만은 견딜 수 없어요."

"행복한 사람이 많지는 않아요, 아닌가요?"

"많지는 않을 거 같아요, 그럼요. 행복한 게 중요하다고 믿고 자기가 행복하다고 믿는데 알고 보면 그렇게까지 행복하지는 않은 사람들이 있거든요."

"그래도 저는 행복한 게 모든 인간의 의무 같은 거라고, 그늘 대신 햇빛을 찾는 거랑 비슷한 거라고 믿고 싶었는데요. 저만 봐도, 안 그러면 제가 왜 이 온갖 고생을 하겠어요."

"물론 의무 같은 그런 거겠지요, 저도 그렇게 믿고 있어요. 하지만 아시다시피 햇빛을 찾는 건 어둠에서 시작하지요. 다른 수가 없으니까요. 어둠 속에서 살아갈 수는 없으니까요."

"하지만 이 어둠은 제가 만들어내는 거예요, 다른 사람들이 햇빛을 찾고 있는 것처럼요, 다른 사람들이 행복을 만들어내듯이 저는 어둠을 만들어내는 거예요, 마찬가지인 거죠. 제가 이렇게 어둠을 만들어내고 있는 건 제 행복을 위해서니까요."

"그렇군요, 그쪽 분이 다른 사람들에 비해 상황을 어쩌면 더 단순하게 받아들이시는 게 바로 그 때문이군요. 그쪽 분에게는 선택의 여지가 없는 데 비해서 다른 사람들에게는 선택의 여지가 있으니, 아니, 어쩌면 그런 사람들은 자기가 아직 맛보지 못한 뭔가에 안달이 나 있을 가능성도 있겠네요."

"주인집 남자가 그래요, 남이 보기에는 행복해 보일 거예요. 사업을 하는데 돈이 많거든요. 그런데도 늘 정신이 딴 데 가 있어서, 맞아요, 안달이 나 있는 거 같아요. 주인집 남자가 저를 쳐다본 적은 한 번도 없을걸요. 제가 누구인지는 알겠지만 저를 눈으로 본 적은 결코 없을 거예요."

"하지만 그쪽 분은 시선을 끄는 사람인데요."

"하지만 주인집 남자는 누구를 쳐다보지를 않아요, 도통 눈을 사용할 줄 모른다고 할까요. 주인집 남자가 남이 보기에는 행복해 보일 수 있어도 그렇게까지 행복하지는 않으리라고 가끔 여겨지는 건 바로 그 때문이에요. 만사가 피곤한 사람 같거든요, 뭘 보는 일까지 포함해서요."

"주인집 여자는 어떤가요?"

"마찬가지예요. 남이 보기에는 행복해 보일 거예요. 하지만 그렇지 않다는 걸 저는 알거든요."

"그런 남자들의 아내들은 쉽게 겁을 집어먹고, 내리뜬 눈은 피곤에 절어 더이상 꿈꿀 게 없는 여자들 눈을 하고 있죠, 아닌가요?"

"주인집 여자는 안 그래요. 눈빛이 또렷하고 무슨 일에도 놀라지 않거든요. 모든 걸 다 가진 여자라고들 하더라고요. 하지만 사실은 그렇지 않다는 걸 저는 알아요. 직업이 이렇다보니까 그런 걸 알게 되지요.

저녁에 주인집 여자가 누가 봐도 할일 없어 보이는 얼굴로 부엌에 오는 경우가 꽤 자주 있어요, 저를 말 상대로 삼고 싶다는 얼굴이지요."

"우리가 했던 말이 바로 그거잖아요. 알고 보면 사람들은 행복을 못 견딘다는 거. 물론 행복해지기를 원하지만, 막상 행복해지면 다른 걸 꿈꾸면서 괴로워한다는 거."

"사람들이 왜 그러는지는 모르겠어요, 행복이라는 게 그렇게 견디기 어려운 건지, 아니면 행복이 뭔지 잘 몰라서 그러는지, 아니면 어떤 행복이 자기에게 맞는 행복인지 몰라서인지, 아니면 행복을 가지고 뭘 해야 하는지 몰라서 그러는 건지, 아니면 행복을 너무 아끼다가 지쳐서 그러는 건지. 제가 아는 건 이거예요, 사람들이 행복에 대해 말을 한다는 거, 이 단어가 존재한다는 거, 사람들이 이 단어를 괜히 만들어낸 게 아니라는 거. 여자들이, 심지어 가장 행복하다는 여자들조차 저녁이면 왜 자기가 다른 삶이 아닌 이런 삶을 살고 있는가를 자문한다는 건 저도 알지만, 제가 그걸 안다는 이유로 사람들이 이 단어를 괜히 만들어낸 게 아닐까 하고 의심하지는 않는다는 거예요. 저는 당분간은 이 단어에 매달릴 거예요."

"당연히 그러셔야지요, 우리가 행복이라는 게 견디기 어려운 거라고 얘기하기는 했지만, 견디기 힘들다고 해서 피해야 한다고 말하고 있었던 건 아니잖아요. 묻고 싶은 게 있어요, 집주인 여자가 그쪽 분을 찾아오는 게 여섯시가 다 되었을 때인가요? 어떻게 지내느냐고 그쪽 분 안부를 묻는 시간이?"

"맞아요, 바로 그 시간이에요. 왜 그러는지는 제가 잘 알지요. 많은 여자들이 자기가 가지고 있는 것보다는 못 가진 걸로 안달나는 때가 바로 그 시간대거든요. 하지만 저는 그걸 안다고 해서 승부를 포기하지는 않을 거예요."

"잘 지내는 데 필요한 모든 조건이 갖춰지면, 바로 그때, 사람들은 그것들을 흩뜨릴 준비를 하지요. 행복이 쓰다고 느끼는 거예요."

"그런 건 별로 상관 안 해요. 아까도 말씀드렸지만, 저는 행복의 쓴맛을 보고 싶거든요."

"제가 그렇게 말한 건, 다른 뜻이 있어서는 아니고요, 말이 그렇다는 거였어요."

"그쪽 분이 제 의욕을 꺾으려고 그 말씀을 하신 건 아니겠지만, 제가 듣기에는 경고 같았어요."

"그런 의도가 약간은 있었지만, 그저 아주 약간이었어요, 정말이에요."

"하지만 걱정 마세요, 제 직업상 행복에 어떤 문제가 있는지는 이미 예측하고 있거든요. 실은 그게 행복이든 뭐든 별 상관 없고요, 그게 제게 먹을거리라도 된다면야 뭐든 별 상관 없어요. 제가 여기 있는 한, 제게는 제 게 필요해요, 이유는 없어요. 다른 사람들이 하는 대로 저도 할 거예요. 제가 제 것도 하나 못 가져보고 죽는다는 건 상상할 수 없거든요. 제가 그걸 쳐다볼 때 주인집 여자가 저녁에 저를 찾아올 때와 같은 표정이 된다고 해도 상관없어요."

"그쪽 분이 무료한 눈빛을 하고 있으리라고는 상상하기 어려운데요. 잘 모르시는 거 같은데, 눈이 정말 아름답거든요."

"때가 되면야 제 눈도 아름다워지겠지요."

"앞으로 언젠가 그쪽 분이 주인집 여자를 닮으실 거라는 생각을 하니 하여튼 조금 실망감이 드는 건 어쩔 수 없네요."
"감수할 건 감수해야지요, 그렇게 되어야 할 때가 오면 그렇게 될 거예요. 그게 제 가장 큰 희망이에요. 제 눈이 아름다워지고 나면, 다른 모든 사람들의 눈처럼 그늘로 채워지겠지요."
"제가 그쪽 분 눈이 아름답다고 말씀드린 건, 무엇보다도 눈빛에 대해 말씀드린 거였어요."
"그쪽 분이 아마 잘못 보셨을 거예요. 잘못 보신 게 아니더라도, 저는 그런 눈빛을 가진 걸로는 만족할 수 없거든요."
"무슨 말씀인지 알겠네요, 하지만 그쪽 분 눈이 아름답다는 게, 이미 다른 사람들 눈에도 보인다는 말씀은 꼭 드려야겠네요."
"그렇지 않다면 저는 망한 거죠. 만약 제가 그런 눈빛을 가진 걸로 만족한다면 저는 망한 거거든요."
"그러니까 그 여자가 부엌에 온다고 하셨지요?"
"네, 가끔 와요. 오는 날은 늘 그 시간대에 와요. 늘 똑같은 걸 물어봐요. 요즘 잘 지내느냐고."
"마치 그쪽 분의 어제와 내일이 다를 수 있다는 듯이요?"
"네, 그럴 수 있다는 듯이요."
"그 사람들이 우리에 대해 착각하는 걸 어쩌겠어요? 그 착각을 지켜주는 것도 우리 업무 중 하나가 아니겠어요?"
"그런 일을 그렇게 잘 아시다니, 전에 주인 모시는 일을 이미 해보셨나요?"
"해본 적은 없지만, 저희 같은 처지의 사람들한테는 그렇게 될 위험이 늘 있으니 그런 일을 상상해보는 게 다른 사람들보다는 쉽거든요."

남자와 젊은 여자 사이에 꽤 긴 침묵이 흘렀다, 각자 딴생각에 빠져버린 것 같기도 했고, 포근한 날씨가 두 사람의 관심을 사로잡아버린 것 같기도 했다. 그러다 남자가, 또다시 말문을 열었다.
"주된 사안에 대해서는 의견이 같네요. 아까도 말씀드렸지만, 제가 그 여자에 대해, 행복을 얼마간 피하는 사람들에 대해 말씀드렸을 때, 그들을 본받아서는 안 된다, 그들과 똑같이 시도하고 그들과 똑같이 실패하는 길을 가서는 안 된다, 그런 뜻으로 말씀드린 건 아니거든요. 그쪽 분이 말씀하셨던 가스오븐 갖고 싶은 욕구 같은 건 갖지 않도록 조심해야 한다, 그걸 샀을 때 따라오게 될 것들은 그게 냉장고든, 심지어 그게 행복이어도, 전부 사전에 피해야 한다, 그런 뜻으로 말씀드린 것도 아니고요. 저는 그쪽 분이 가지신 희망의 정당성에 의심을 품은 적이 단 한 순간도 없었어요. 오히려 저는 그게 아주 정당한 희망이라고 생각하고 있어요, 믿어주세요."
"그렇게 말씀하시다니, 이제 가서야 하나요?"
"그게 아니라요, 그쪽 분이 제 말씀을 오해하지는 않으셨으면 해서, 그뿐이에요."
"갑자기 그렇게 말씀하시길래, 바쁜 일로 떠나셔야 하는구나, 그래서 우리가 지금까지 나눈 이야기 전체에 결론을 내리시는구나, 그렇게 생각했어요."
"아니에요, 바쁜 일 같은 건 없어요. 제가 그쪽 분 생각에 전적으로 동의하고 있다는 말씀은 막 드렸고, 덧붙여 말씀드리려고 한 건, 제가 이해하기가 좀 어려웠던 게, 아까도 말씀드렸지만, 아무리 그래도 그쪽 분한테 그렇게 추가로 시키는 일을 전부 아무때나 아무거나 받아들이신다는 거예요. 이렇게 다시 말씀드려서 죄송한데, 그쪽 분이 왜 그 일을 하시는지는 이해한다 해도, 저로서는 전적으로 받아들일 수가 없어서요. 걱정스러워서…… 제가 걱정하는 게 뭐냐 하면, 그쪽 분은 앞으로 언젠가 그런 일을 아예 그만두려면 가능한 한 그 어떤 고된 일감이라도 받아들여야 한다고 생각하시는 거 같아서요."

"그렇게 생각한다면요?"

"그러지 마세요, 그러시면 안 됩니다. 우리 같은 사람들 각각의 공로에 보답하는 일을 사명으로 삼을 사람은 어디에도 있을 거 같지 않거든요, 특히나 이렇게 눈에도 안 띄고 보잘것없는 공로라면야. 우리는 방치된 사람들이에요."

"제가 이러는 건 그런 생각 때문이 아니라, 그저 이 직업에 대한 혐오감을 순전히 그대로 유지하기 위해서다, 이렇게 말씀드린다면요?"

"죄송하지만, 그런 경우라고 해도 동의하지는 못하겠어요. 저는 그쪽 분이 이미 실제로 인생을 시작했다고 생각하고, 그쪽 분이 그 점을 계속 떠올려보셔야 한다고 생각하는데요, 이런 말씀을 드리기가 많이 괴롭지만, 그래도 말씀드리자면, 일은 이미 일어났다, 삶은 시작되었다, 그쪽 분의 시간도 이미 흐르고 있는데, 그쪽 분이 예컨대 그런 고된 일감이나 그 밖에 피하실 수 있는 일감을 받아들이면서 시간을 낭비하고 있다, 시간을 손해보고 있다, 저는 그렇게 생각하거든요."

"남들의 입장에서 그렇게까지 깊이 생각해주시다니, 친절하시네요. 저라면 못할 거 같아요."

"그쪽 분은 그거 말고 다른 할일이 있으시니까 그런 거고, 아시잖아요. 저는 그렇게 바라는 건 없는 사람이라 여유가 있는 거죠."

"저는 벗어나려고 마음먹었으니까, 그 말씀이 맞는 거 같네요, 어쩌면 이게 바로 일이 이미 시작되었다는 신호 같아요. 저는 가끔 울기도 하는데, 이것도 분명 신호 같고요. 이제는 그 점을 저 자신에게 숨겨서는 안 될 거 같네요."

"사람은 늘 우는걸요, 제 말은 그런 게 아니고요, 무슨 말이냐 하면, 그쪽 분이 여기 이렇게 있으시다, 단지 그 말이에요."

"하지만 어느 날 제가 조합에 가서 알아봤는데, 저희가 하고 있는 일의 대부분이 저희의 정상 업무 범위 안에 있더라고요. 그게 이 년 전이에요. 그냥 다 말씀드릴게요, 저희 일을 하다보면 아주 늙은 여자들을 보살펴야 하는 경우도 있어요, 여든아홉 살에 92킬로까지 나가는 경우도 있지요, 이제는 분별력이 없고 아무때나 밤낮없이 옷에 싸고, 그런데 그런 이야기를 누구도 듣고 싶어하지 않는 거예요. 그게 너무 힘들어서, 그래요, 힘든 거 맞아요, 그러니까 저희도 조합에 찾아가기까지 하는 거지요. 그런데 그런 일을 시키는 걸 금하는 규정이 없다고, 그런 규정에 대한 고려조차 해본 적이 없다고 거기서 그러는 거예요, 하기야 그런 고려가 있었다고 해도, 그쪽 분도 잘 아시다시피, 무슨 일을 시키든 다 하겠다고 할 사람, 우리가 다 안 하겠다고 하는 일을 하겠다고 할 사람, 세상 모두가 수치스러워서 못하겠다고 하는 일을 하겠다고 할 수밖에 없을 사람이 우리 중에 늘 있을 거잖아요."

"92킬로라고 말씀하셨나요?"

"네, 지난번에 재보니까 더 쪘더라고요, 제가 여기서 강조하고 싶은 건, 이 년 전에 조합에 다녀왔을 때, 노파는 그때 이미 아주 뚱뚱했고 저는 열여덟 살이었는데 제가 그때 노파를 살해하지 않았다는 사실, 그리고 아직 살해하지 않고 있다는 사실이에요. 노파는 점점 늙어가니까 그야 당연히 점점 쉬운 일일 텐데, 뚱뚱하다 해도 점점 쇠약해지고 있는데, 노파를 씻기는 시간에 욕실에 노파 혼자뿐이라는 사실, 그리고 욕실이 제가 아까 말씀드린 복도 맨 끝에 있는데 복도 길이가 이 공원의 절반 정도라는 사실, 일을 처리하는 데는 삼 분 동안 물속에 누르고 있는 걸로 충분하리라는 사실, 그리고 또 하나, 너무 늙은 노파라서 죽는 게 자식들에게든 더이상 뭐가 뭔지 모르는 노파 본인에게든 큰 지장이 되지는 않으리라는 사실도 강조할게요. 제가 또 강조하고 싶은 건, 제가 그걸 안 하고 있을 뿐 아니라 노파를 잘 보살피고 있다는 사실이에요. 그 이유는 역시 아까 말씀드린 대로인데, 첫번째 이유를 다시 말씀드리자면, 만약 제가 노파를 살해한다면 그건 제가 그렇게 하면 제 상황이 가능한 선에서 개선될 수 있으리라고 내다본다는 뜻, 한마디로 견딜 만해지리라고 내다본다는 뜻일 거거든요. 두번째 이유는 뭐냐하면, 제가 노파를 제대로 돌보지 않을 경우, 제 계획에 똑같이 차질이 생기는 건 물론이고, 노파를 제대로 돌볼 사람은 늘 있을 거거든요. '한 명이 그만두면 열 명이 지원한다.' 이게 저희의 유일한 지위인 거죠. 조합으로도 안 되고, 저 혼자로도 안 돼요. 저를 여기서 벗어나게 해줄 수 있는 남자 하나만 있으면 돼요, 이건 아까 말씀드렸네요. 죄송해요."

"하아! 더이상 무슨 말씀을 드려야 할지 모르겠네요."

"이 이야기는 더이상 하지 말기로 해요."

"좋아요, 하지만 마지막으로, 그 노파 말씀인데요, 그쪽 분도 말씀하셨지만, 제가 봐도 그건 일도 아닐 거 같거든요. 심지어 노파 본인에게도 큰 지장이 되지 않으리라고도 말씀하셨잖아요. 아까도 말씀드렸듯이, 제가 그쪽 분한테 조언을 하는 건 아니지만, 그렇잖아요, 사람들, 그러니까 다른 사람들이라면, 삶의 어려움을 미미하게나마 덜기 위해, 예를 들면 그런 일을 하고 난 뒤에도 똑같이 미래를 희망할 수 있는, 그런 경우들도 있지 않을까 싶은데요."

"안 될 일이에요, 저한테 그런 식으로 말씀하시는 건 소용없어요. 저는 차라리 이 혐오감이 더 커지면 좋겠어요. 그게 제가 여기서 벗어날 수 있는 유일한 방법이거든요."

"말로는 뭘 못하겠어요, 저는 그저 그토록 힘겨운 희망을 덜어내는 건 의무 같은 게 아닐까, 그렇게 자문해보았던 거예요."

"제가 아는 애가 있었는데요, 아무튼, 기왕 말이 나온 김에 그냥 다 말씀드릴게요, 저랑 비슷한 애였는데, 시도를 했고, 죽였어요."

"아닐 거예요. 그분 자신은 자기가 그랬다고 생각했겠지만, 사실일 리 없어요. 죽인 게 아니에요."

"개였거든요. 그애는 열여섯 살이었고요. 그쪽 분은 그건 다른 일이라고 말씀하시겠지만, 그애는 굉장히 비슷한 일이라고 그러더라고요."

"개한테 먹이를 안 줬나보군요. 그걸 죽였다고 할 수는 없어요."

"죽인 거 맞아요. 그애는 그 개랑 똑같은 걸 먹었어요. 아주 비싼 개 있잖아요, 그 개가 그런 개였어요. 그애와 그 개는 그렇게 똑같은 걸 먹었어요, 다른 사람들이 먹는 음식과는 다른 거였지요. 그러던 어느 날 그애가 개의 몫이었던 비프스테이크를 훔쳐먹었어요, 딱 한 번. 그걸로 충분하지가 않았지요."

"그렇게 어렸으니, 아이들처럼 고기가 먹고 싶었군요."

"그애는 개에게 독을 먹였어요. 잘 시간에 개가 먹을 파테 안에 수세

미로 짜넣은 거예요. 잠은 중요하지 않더라고 그애가 그러더라고요. 개는 죽는 데 이틀이 걸렸어요. 그건 다른 일이 아니에요. 그게 똑같은 일이라는 걸 그애는 알아요. 그애는 개가 죽는 걸 봤어요."

"그랬던 게 당연했을 거예요."

"그 개한테 왜 그렇게 화가 났을까요? 그런 온갖 걸 다 먹었다고 해도, 어쨌든 그 개는 그애의 유일한 친구였는데요? 다들 자기는 나쁜 사람이 아니라고 생각하지만, 보세요……"

"일어나지 말았어야 하는 일이지만, 어쨌든 그 일이 그렇게 눈앞에 나타난 이상 그 일은 우리에게 일어날 수밖에 없는 일인 거예요, 우리는 해서는 안 될 일을 할 수밖에 없는 존재인 거고요. 그런 건 피할 수 없는 일, 도저히 피할 수 없는 일이에요."

"사람들은 개를 죽인 게 그애라는 걸 알아냈어요. 그애를 쫓아냈지요. 그애한테 더 어떻게 할 수는 없었던 건 개를 죽이는 거에는 법 적용이 안 됐으니까요.* 벌을 받는 편이 차라리 나았을 거 같다고 그애가 그러더라고요, 그 정도로 양심의 가책이 심했던 거예요. 이 일을 하다보면 역겨운 욕구가 생길 때가 있지요."

"거기서 벗어나세요."

"저는 온종일 일을 하는데, 더 많이 할 수 있으면 더 좋을 거 같아요, 하지만 다른 일요, 밖으로 드러나는 일, 눈에 보이는 일, 다른 일들처럼 계산이 되는 일, 돈을 받는 일을 하고 싶어요. 길가에서 돌을 깨고 싶고, 대장간에서 쇠를 녹이고 싶어요."

---

* 현재는 미성년자를 제외한 성인의 경우 2021년 제정된 프랑스 동물보호법에 따라 처벌 대상이 된다.

"그렇게 하세요, 길가에서 돌 깨는 일을 하세요, 지금 하시는 일에서 벗어나세요."

"무리예요. 혼자서는 무리예요. 아까도 말씀드렸지만, 저는 혼자서는 달라질 수 없을 거예요. 한번 해봤는데, 안 되더라고요. 이렇게 혼자면, 사랑받을 데가 이렇게 없으면, 전 저를 굶어죽게 내버려둘 거예요, 스스로를 지탱할 힘도 없을 거예요."

"길가에서 돌을 깨는 여자들이 있거든요, 정말 있거든요, 그 사람들은 여자들이에요."

"그건 저도 알아요, 그 생각을 저도 매일 하니까, 그 점은 걱정 마세요. 하지만 아시다시피, 거기서부터 시작했어야 해요. 이제는 그럴 수 없으리란 걸 저도 알죠. 이런 처지는 그 처지와는 별개로 자기 자신한테 신물이 나게 만들어요, 아까 말씀드린 대로, 이런 처지에 그냥 있는 게 그나마 의미가 덜 줄어드는 거고요, 자기가 봐도 더는 스스로를 먹여 살릴 충분한 이유란 게 없어지죠. 못하죠, 이제는, 제게 필요한 건 제가 존재해야 할 이유가 되어줄 한 남자예요, 그럼 해낼 수 있을 거예요."

"그쪽 분도 아시겠지만, 사람들은 그런 상태를 가리켜……"

"아니에요, 저는 그런 거 몰라요. 제가 아는 건, 제가 이런 노예상태에서 많은 걸 인내해야 한다는 거, 그래야 나중에 언젠가 의욕을, 예컨대 나 자신을 먹여 살릴 의욕을 되찾을 수 있으리라는 거, 그뿐이에요."

"죄송해요."

"아니에요, 있잖아요, 저는 때가 될 때까지 이대로 있어야 해요. 제가 억지를 부리는 게 아니라, 정말이에요, 그게 아니라, 그쪽 분이 힘겨운 희망이라고 말씀하신 그걸 저는 굳이 덜어낼 필요가 없어서 그런 거예요. 왜냐하면 저는 제가 잘 아는데, 그렇게 희망을 덜어내보려고 했다가는 아무것도 희망할 수 없게 될 테니까요. 저는 기다리고 있어요. 그리고 그렇게 기다리는 동안, 그 누구도 안 죽이려고, 개도 안 죽이려고 조심하는데, 그러면 너무 큰 문제가 되니까, 그리고 제가 평생 나쁜 사람이 되어버릴 위험도 있으니까요. 어쨌든 이런 이야기 말고, 여행을 참 많이 하시는, 그리고 참 많이 외로우신 그쪽 분에 대한 이야기를 좀 더 하기로 해요."

"제가 여행을 많이 하는 건 맞아요, 제가 외로운 것도 맞고요."

"언젠가는 저도 여행을 하게 되겠지요."

"한 번에 한 가지밖에 볼 수 없고, 세상은 대단히 넓고, 직접 가서 두 눈으로 봐야만 보게 되는 세상일 뿐이지만요. 봤다고 할 수도 없지만, 그래도, 보시다시피, 누구나 여행을 하지요."

"그렇겠지만, 한 번에 볼 수 있는 건 거의 없겠지만, 시간을 보내기에는 좋을 방법 같아요, 그럴 거 같아요."

"최고죠, 아마, 적어도 그만하면 훌륭하지요. 기차를 타면 완벽하게 시간을 보낼 수 있어요, 잠을 자고 있는 거랑 비슷해요. 배를 타면 시간이 더 잘 가요. 배가 지나간 자리를 보고 있으면, 시간이 저절로 흘러가거든요."

"저는 어떨 때는 시간이 너무 안 가는 거예요, 제가 몸만 두고 밖으로 빠져나와 있는 느낌을 줘요."

"그쪽 분도 짧은 여행 한 번이라면 다녀오실 수 있을 거 같은데요, 여드레쯤 휴가를 내실 수도 있을 거 같고요. 원하시기만 하면 될 것 같은데요. 지금 당장이라도, 기다리시다가, 말하자면, 다녀오실 수 있을 거 같아요."

"기다리는 시간이 너무 긴 건 사실이에요. 제가 정당에 가입한 것도, 제 상황이 나아질 거라는 생각 때문이 아니라, 기다리는 시간이 덜 길게 느껴질 거라는 생각 때문이었지만, 여전히 이렇게 기다리는 시간이 기네요."

"바로 그거예요, 정당에도 이미 가입해놓으셨으니까, 그 댄스 클럽에도 다니고 계시니까, 앞으로 언젠가 지금 처지에서 벗어나는 데 좋으리라고 판단되는 모든 일을 하고 계시니, 그렇게 그쪽 분의 희망대로 일이 돌아가기를 기다리면서, 짧은 여행이야 한 번쯤 다녀오실 수도 있잖아요."

"제가 하고 싶은 말은 딴 게 아니라, 어떨 때는 시간이 너무 길게 느껴진다, 이 말을 하고 싶은 거예요."

"그런 기분에서 조금 벗어나보시는 걸로도 충분할 거예요. 여드레의 짧은 여행은 가능하실 거 같거든요."

"토요일에 댄스 클럽에서 돌아오면, 아까도 말씀드렸지만, 저는 가끔 울어요. 한 남자가 나를 원하게 하려면 어떻게 해야 하는 걸까요? 사랑을 강요할 수는 없잖아요. 제가 남자들 눈에 이렇게 못생겨 보이는 게, 어쩌면 그쪽 분이 말씀하시는 그런 기분 때문일지도 모르겠네요. 응어리가 맺혀 있는 기분인데, 그런 여자를 누가 좋아하겠어요?"

"제가 하려던 말이 그 기분인데, 그게 그쪽 분이 여드레 휴가를 내지 못하게 막고 있어요. 저는 그쪽 분한테 저처럼 되라느니, 지나친 희망의 무익함을 알라느니 하는 조언을 드리려는 게 아니거든요. 그건 아니지만, 제 말이 무슨 말인지 아시잖아요, 이러고 있는 게 스스로한테 이익이라고, 예컨대 그 노파가 살 만큼 살게 하는 게 이익이라고 판단하고 있고, 언젠가 여기서 벗어나는 거 말고는 다른 선택지가 안 생기도록 시키는 일을 그렇게 모조리 다 하시고 있으니까, 그러는 동안에 보상 차원에서 예컨대 며칠간 휴가를 내서 여기저기 돌아다닐 수 있잖아요. 저 같은 사람도 하는데, 충분히 가능할 거 같은데요."

"무슨 말씀인지는 잘 알겠어요, 하지만 그렇게 휴가가 생기면 제가 뭘 하는 게 좋을까요? 휴가를 어떻게 쓰는 게 잘 쓰는 건지도 모르는데요. 새로운 것들을 보아도 뭐가 좋다는 건지 모를 텐데요."

"즐기는 법을 배워야지요, 어렵더라도. 지금부터 앞날을 생각하시면서 배워나가실 수 있을 거예요. 그런 건, 새로운 것들을 보는 법 같은 건, 맞아요, 배워지거든요."

"한데 내일의 즐거움을 기다리느라 이렇게 지쳐 있는데, 그런 제가 오늘을 즐기는 법을 어떻게 배우겠어요? 못하죠, 새로운 게 뭐가 됐든 그걸 보고 있을 참을성조차 없을 거예요."

"그 이야기는 그만하기로 하지요. 제가 제안한 건 사소한 거, 전혀 중요하지 않은 거였어요."

"하아! 아실는지, 저도 그러고 싶지요!"

"어떤 남자가 그쪽 분한테 춤을 청하면, 그쪽 분은 그때 바로 결혼 가능성을 떠올리시나요?"

"어머, 그러네요, 제가 딱 그래요. 보시다시피 제가 너무 실리적이라서, 모든 문제가 다 거기서 생기지요. 하지만 달리 어쩌겠어요? 제 생각에 저는 여기서 벗어나는 첫 단추부터 끼우기 전에는 그 누구도 사랑

할 수 없을 텐데요, 바로 그 첫 단추가, 제겐 그렇게 해줄 수 있는 한 남자를 만나는 것밖에 없다는 거거든요."

"이런 질문을 드려도 될지 모르겠는데, 어떤 남자가 그쪽 분한테 춤을 청하지 않을 때, 그럴 때도 그쪽 분은 결혼 가능성을 떠올리시나요?"

"그럴 때는 그런 걸 덜 생각하지요, 거기는 댄스 클럽이니까요. 그런데 제 생각에 거기서 그렇게 춤을 추면서 같이 움직이다보면 제가 어떤 사람인지 남자가 아주 쉽게 잊어버릴 수 있는 거 같거든요, 혹여 안다고 해도 다른 데서 마주치는 남자에 비하면 저를 그렇게까지 싫어하지는 않는 거 같다는 거예요. 맞아요, 제가 춤을 좀 잘 춰요, 춤을 추는 동안에는 제가 이런 처지인 게 전혀 티가 안 나고요. 세상 사람들과 아무 차이가 없어지는 거예요. 제가 누구인지 저 자신마저 잊어버릴 정도예요. 하아! 가끔 저는 여기서 더 어떻게 해야 할지 모르겠거든요."

"한데 춤을 추는 동안에도, 그때도 그런 걸 생각하시나요?"

"아니요, 춤을 추는 동안에는 생각이 아예 없어요. 그런 걸 생각하는 건 춤을 추기 전, 아니면 춤을 추고 난 뒤예요. 춤을 추는 동안엔 잠들어 있는 것처럼 아무 생각이 없어요."

"무슨 일이든 일어날 수 있잖아요, 뭐든지요. 아무 일도 안 일어날 거 같지만, 어느새 실제로 일어나거든요. 그쪽 분이 기다리시는 그 일은 세상의 수십억 인구 누구에게나 일어나지요."

"그쪽 분은 제가 무엇을 기다리는지에 대해 잘못 알고 계신 거 같아요."

"제 말은, 그러니까, 그쪽 분이 기다리고 있는 게 뭔지 알고 있는 것

뿐만 아니라, 기다리고 있는 게 뭔지 모르고 있는 것까지 아울러 얘기하는 거예요. 그렇게 모르는 상태로 기다리는, 아주 당장은 아닌 그런 일에 대해 말씀드린 거거든요."

"그렇군요, 무슨 말씀인지 알아요. 맞아요, 저도 그런 일이 당장 일어날 거라고 생각하는 건 아니니까요. 한데, 어쨌든, 그쪽 분에게는 그런 일이 어떻게 일어나는지 알고 싶은데요, 말씀해주시겠어요?"

"다른 모든 일과 마찬가지예요."

"제가 알면서 기다리는 일이나 마찬가지라는 말씀인가요?"

"그럴 수도 있는데요. 그쪽 분이 그렇게까지 모르시는 그런 일을 어떻게 말씀드려야 할까요? 제가 생각할 때 그런 일은 갑자기 일어나든지 거의 알아챌 수 없을 만큼 서서히 일어나든지 하는 것 같아요. 그리고 일단 일이 여기 있으면, 일어난 일인 거고요, 더는 놀라울 게 아니죠. 원래부터 줄곧 있었던 일 같거든요. 어느 날 눈을 뜨면 그렇게 되어 있을 거예요. 예컨대 그쪽 분이 가스오븐을 장만하셨다면, 어느 날 아침에 눈을 뜨면 어떻게 그게 거기 있게 됐는지는 모르실 거예요."

"하지만 늘 여행을 다니시는 그쪽 분은, 제가 잘못 이해한 게 아니라면, 그런 사건들을 대수롭지 않게 여기시는 거 같은데요?"

"그런 사건들은 어디서나, 우연히 기차에서도 일어날 수 있거든요. 그런 사건들과 그쪽 분이 원하시는 삶 사이의 유일한 차이는 내일이 없다는 거, 그런 일이 일어나도 내가 할 수 있는 일이 아무것도 없다는 거, 그거예요."

"어떡해요! 그렇게 내일이 없는 일만 일어나는 삶을 살아가신다니, 시간이 지나면 너무 슬플 거 같아요! 그러네요, 그쪽 분도 눈물 흘리시는 날이 있겠네요."

"천만에요, 그런 일도 다른 일들이나 마찬가지예요, 익숙해지지요. 눈물을 말씀하셨는데, 정말이지, 세상 수십억 인구 중에 눈물 흘릴 일 하나 없는 사람이 누가 있겠어요! 눈물이 그 자체로 무슨 증거가 될 수 있겠어요. 게다가 제가 아무것도 아닌 작은 일로 위안을 얻는 사람이라는 말씀도 드려야겠네요. 아침에 눈을 뜨는 일이 저한테는 큰 기쁨이에요. 면도할 때면 노래를 부르기도 하고요, 자주 그래요."

"하아! 노래하는 게, 그쪽 분이 표현하신 대로, 그 자체로 무슨 증거가 될 수 있겠어요."

"하지만 살아가는 일은 저한테는 기쁨이거든요. 그게 착각일 순 없을 거 같다, 그런 걸 착각할 사람은 없을 거 같다, 저는 그렇게 말씀드리고 싶네요."

"저는 사는 게 기쁘다는 게 무슨 뜻인지 모르겠어요. 제가 그쪽 분 말씀을 이렇게 못 알아듣는 게 그래서인 거 같아요."

"그쪽 분의 불행이, 간단히 말씀드리자면, 그게 어떤 불행이 됐건, 또 이런 말씀을 드리게 되어 죄송하지만, 그쪽 분이 하셔야 할 일은, 제가 감히 이렇게 말씀드려도 될지 모르겠지만, 조금 더 의욕을 내셔야 하는 일 아닐까요?"

"하지만, 저는 더이상 기다릴 수 없는데도 기다리고 있는걸요. 그 노파만 해도, 목욕시키기가 불가능한데도 아직 하고 있는걸요. 다른 일들도 더이상 할 수 없는데 그 모든 일들을 아직 하고 있는데요?"

"제가 말씀드린 의욕이라는 건, 그러니까 목욕을 시킬 때 물건을 닦듯이 예를 들면 냄비를 닦듯이 할 수도 있지 않을까 그런 뜻이었거든요."

"안 돼요, 그렇게도 시도해봤는데 안 되더라고요. 웃고, 냄새를 풍기는걸요. 살아 있는걸요."

"어떡해요! 어쩌면 좋아요?"

"이제 나도 모르겠다, 그런 마음일 때도 있어요. 이게 시작된 게 제가 열여섯 살 때였거든요. 처음부터 이렇게 되지 않도록 조심했어야 했는데, 보세요, 제가 지금 스물한 살인데 지금껏 저한테 아무 일도, 아무 일도 없잖아요, 그리고 보세요, 영영 죽지 않을 것 같은 이 할머니까지 추가로 생겼는데, 저한테 아내가 되어달라고 하는 사람이 아직 아무도 없었잖아요. 가끔은 내가 지금 꿈을 꾸고 있는 게 아닐까, 내가 이렇게까지 어려움을 만들어내고 있는 게 아닐까, 저 스스로한테 물어볼 때도 있어요."

"집을 다른 집으로 바꾸셔서, 그렇게 늙은 사람들이 없는 집으로, 조건이 유리한 집으로 골라 가실 수도 있지 않을까요? 유리하다는 건 물론 상대적으로 유리하다는 뜻이고요."

"아니요. 집을 어느 집으로 바꾸든 늘 저는 그 집 사람들과는 다른 취급을 받을 거예요. 그리고 또, 이 직업군에서 뭔가 바꾸는 건 아무 의미도 없어요, 뭐가 바뀌려면 이런 직업 자체가 없어져야 하거든요. 요행히 그렇게 저한테 유리한 집을 만나더라도, 저는 오히려 더 못 견딜 거예요. 그리고 또, 그렇게 뭘 바꾸려고 하다보면, 아무것도 못 바꾸면서 뭘 바꾸려고 하다보면, 결국 저는, 어떻게 말씀드려야 할지 모르겠는데, 결국 저는 팔자를 믿게 될 거고, 그렇게 팔자를 믿다보면 결국 이렇게 아등바등할 필요가 없다는 생각까지 하게 될 거예요. 바꿔봤자 똑같아요. 저는 아무것도 안 바꾸고 계속 이렇게 있을 거예요, 떠날 때가 올 때까지—저는 제가 그럴 수 있다고 생각하거든요, 때로는, 어떻게 말씀드려야 할지 모르겠는데, 제가 여기 존재한다는 걸 아는 만큼, 저는 제가 그럴 것 같아요."

"그러시다면, 계속 그렇게 계실 거라면, 아까 제가 말씀드린 짧은 여행 같은 걸 하시는 것도 가능하겠네요, 그쪽 분이라면 가능하실 거 같은데요."

"그럴 수도 있겠네요, 여행 같은 걸 해볼 수도 있겠네요."

"그럼요, 그쪽 분이라면 가능하실 거예요."

"하지만 그 도시는 정말이지, 너무나 멀리 있다고 그쪽 분이 아까 이야기하시지 않았나요?"

"저는 조금씩 천천히 가느라 도착하기까지 보름 걸렸어요, 하루는 여기서 쉬고, 하루는 저기서 쉬고 하면서. 하지만 형편이 되는 사람이라면 기차로 하룻밤 안에 갈 수도 있지요."

"하룻밤이면 거기라고요?"

"그렇다니까요. 거기라면 이미 한여름이네요. 하지만 그 도시가 저 말고 다른 사람들 눈에도 그렇게 아름다울 수 있으리라는 말은 아니에요, 그건 아니에요. 다른 사람들한테는 그 도시가 취향이 아닐 수도 있겠지요. 저로서는요, 제 눈에 들어온 도시가 다른 사람들하고는 분명 다르다는 건데요, 다른 사람들이야 그 도시 자체 말고는 거기서 만난 게 아무것도 없을 수 있잖아요."

"하지만, 누군가 그 도시에 가서 그럴 기회를 줄곧 마주하게 된다면, 완전히 같은 식으로 그 도시를 바라보게 되진 못할 거 같아요. 말하자면, 안 그래요?"

"맞는 말씀이에요."

두 사람은 입을 다물었다. 해가 서서히 저물고 있었다. 그러다 갑자기 겨울의 기억이 돌아와 도시 위를 활공하기 시작했다. 이번에는 젊은 여자가 먼저 입을 열었다.

"말하자면 뭔가 그럴 기회가 거기 가서 마시는 공기 속에 남아 있을 거라는 말이에요. 그렇게 여기지 않으세요?"

"저는 잘 모르겠네요."

"이걸 여쭤보고 싶은데요, 기차에서 그쪽 분한테 그런 일이 일어날 때, 그때 이야기를 저한테 들려주실 수 있을까요?"

"별거 아니에요, 아무것도. 저한테 그런 일이 일어나기는 일어나는데, 그게 다예요. 제가 속한 등급의 행상과 어울리려고 하는 사람은 별로 없어서요, 아시겠지만요."

"저기요, 저는 허드렛일을 하는 가정부인데도 희망을 갖고 있거든요. 그런 식으로 말씀하시면 안 돼요."

"죄송해요, 제가 잘못 설명했네요. 그쪽 분은 달라지실 텐데, 제 경우를 보면 그런 생각이 안 들거든요, 더이상 그런 생각이 안 들어요. 제가 어쩌겠어요? 별수없는걸요, 이런 행상이 되기를 원했던 게 아니라 해도, 제가 이렇다는 걸 머리에서 떨쳐버릴 수가 없는걸요. 스무 살 때는 흰색 반바지를 입고 테니스를 치던 시절도 있었죠. 그러다 사정이 생기는 거죠, 아무튼. 어떻게 그렇게 되어가는 건지 그건 잘 모르지만. 그렇게 시간이 흐르고, 사는 일에 해결책이 별로 없다는 걸 알게 되고, 그런 식으로 상황이 자리를 잡게 되지요, 그러다가 어느 날 정말로 그렇게 자리가 잡혀서는 이 상황을 바꾸면 어떨까 하는 생각만으로도 충격을 받게 되더라고요."

"그건 정말 끔찍한 순간이겠네요."

"아니에요, 시간이 흘러가듯이 그런 순간도 부지불식간에 지나가요. 그런 슬픈 표정 하지 마세요. 제가 지금 내 인생은 왜 이럴까 한탄을 하고 있는 게 아니거든요, 솔직히 말씀드리면 저는 인생 생각 같은 건 안 해요, 별거 아닌 일 하나만 있어도 딴생각을 할 수 있거든요."

"그렇게 말씀하셔서도, 그쪽 분은 자기 인생의 모든 걸 이야기하지는 않는 분 같네요."

"제가 남들에게 동정받아야 하는 사람은 아니라는 거, 그거 하나만은 말씀드릴 수 있어요."

"듣고 싶은데요. 사는 게 힘들다는 거, 저도 알거든요, 그만큼 즐겁다는 것도 알고요."

남자와 젊은 여자 사이에 또 한번 침묵이 자리를 잡았다. 해가 더 낮은 곳으로 내려와 있었다.

"저는 직통을 타지 못해서 짧게 끊어 타야 했지만," 남자가 입을 열었다. "차표가 그렇게 비쌀 거 같지는 않아요."

"솔직히 말씀드리면 저는 지출이 거의 없어서" 젊은 여자도 입을 열었다. "거의 댄스 클럽 입장료거든요. 여비 때문이 아니라는 거예요, 기차표가 비싸다고 해도, 제가 원하기만 하면 그 여행을 해볼 수 있거든요. 한데 여비 때문이 아니라, 아까도 말씀드렸듯이, 어느 곳에 가든 제 시간을 낭비하고 있는 느낌이 들까봐 저는 그게 너무 두려운 거예요. 이런 혼잣말을 하게 될 거예요. 너 여기서 뭐하는 거니, 댄스 클럽 안 가고? 지금 네가 있어야 할 곳은 다른 데가 아니라 거기란 말이야. 제가 어디 있든 저는 계속 그 생각을 떨쳐버리지 못할 거예요. 혹시 궁금하실지 모르겠지만, 제가 다니는 데는 14구에 있어요. 군대 남자들이 많고 안타깝게도 그런 남자들은 결혼 생각이 없지만, 다른 남자들이 아주 없지는 않으니까, 어떻게 될지는 모르잖아요. 맞아요, 크루아니베르에 있어요, 크루아니베르 클럽이에요."

"알려주셔서 감사드려요. 하지만 아시다시피 거기도 댄스 클럽들이 있거든요, 그쪽 분도 들어가실 수 있을 거예요, 어떻게 될지 모르잖아요, 그 여행을 하기로 결정한다면. 거기서는 아무도 그쪽 분을 못 알아볼 테고요."

"댄스 클럽이 공원 안에 있죠, 그죠?"

"맞아요, 공원 안에 있어요. 야외 업장이지요. 토요일에는 밤새 열려 있어요."

"그렇군요. 하지만 그런 데서는 제가 어떤 사람인지에 대해서 거짓말을 할 수밖에 없을 거예요. 그러는 거랑은 별 상관 없다고 말씀하실 거 같지만, 그러다보면 제가 어떤 숨겨야 하는 결함을 가진 사람이라는 느낌이 들거든요, 제가 이런 처지라는 거요."

"하지만 그쪽 분은 그런 처지에서 벗어나기를 그렇게 원하시니, 그런 처지라는 걸 밝히지 않는 건 반만 거짓말하는 걸 텐데요."

"저는 제가 책임질 만한 일에 대해서만 거짓말할 수 있겠지만, 다른 일에 대해서는 그럴 수 없을 거 같아요. 그리고 이건 참 희한한 느낌인데, 저는 다른 곳보다는 크루아니베르 바로 그 댄스 클럽에 정착한 느낌이 들거든요. 작은 업장인데, 제 처지에나 제 처지에서 가질 수 있는 희망에나 거기가 맞는 거 같아요. 다른 데는 어디가 되었든 약간 걸맞지 않은 느낌, 생소한 느낌이 들 거 같거든요. 만약 그쪽 분이 거기 오신다면 저와 함께 한두 곡 추실 수도 있겠지요. 물론 그쪽 분이 그러고 싶으실 경우에, 다른 사람들이 저한테 같이 추자고 하기를 기다리는 동안이라면요. 저 춤 잘 춰요. 배운 적은 없지만요."
"저도 마찬가지예요."
"그게 희한하다는 생각 안 드세요? 왜 우리가 춤을 잘 추는 걸까요? 다른 사람들보다 우리가 말예요?"
"다른 사람들이라면, 춤을 너무 못 추는 사람들 말씀이신가요?"
"네. 그런 사람들을 몇 명 알거든요. 하! 그쪽 분도 그런 사람들을 보셔야 하는데! 그런 사람들은 뭐가 뭔지 전혀 모르니까, 그런 사람들한테는 그게 중국어나 마찬가지라서…… 하하!"
"아! 웃으시네요!"
"어떻게 참겠어요! 춤을 못 추는 사람들은 언제 봐도 너무 웃기거든요. 노력하고 열심히 하는데 아무 소용 없고, 안 되는 거예요."
"춤은 노력만으로 배워지는 게 정말 아니라서, 아시다시피 그래서 그런 거예요. 그쪽 분이 아신다는 사람들, 그 사람들은 깡충깡충 뛰면서 추나요, 아니면 흐느적흐느적 추나요?"
"여자는 뛰면서 추고 남자는 흐느적거리고, 그렇게 뒤섞여서…… 하!…… 말로는 설명이 안 될 거 같네요. 그게 그 사람들 잘못은 아니라고 그쪽 분은 말씀하실 거 같지만……"
"그럼요, 그건 그 사람들 잘못이 아니지요. 하지만 그 사람들이 춤을 너무 못 추는 게 약간 공평하다는 느낌 같은 걸 주네요."

"우리가 틀렸을 수도 있지만요."

"그러네요. 어쨌든 춤을 잘 추냐 못 추냐가 그렇게 중요한 문제도 아니고요."

"그럼요, 그게 그렇게 중요한 문제는 아니지요, 그래도, 있잖아요, 우리 안에 어떤 작은 힘을 감추고 있는 느낌 같은 게 있어요, 아! 물론 전혀 중요한 게 아니라 해도…… 아닐까요?"

"하지만 그 사람들도 춤을 완벽하게 잘 추는 경우가 있을걸요."

"그럼요, 물론, 하지만 그렇다면 뭔가 다른 거라도 있을 거 같거든요, 그게 뭔지는 모르겠지만, 우리한테만 있는 뭔가가, 그게 뭔지는 모르겠지만, 그 사람들한테는 없는 뭔가가, 있을 거 같거든요."

"저도 그게 뭔지는 모르겠지만, 그런 게 있으리라는 생각이 드네요."

"솔직하게 말씀드릴게요, 저는 춤추는 게 너무 즐거워요. 제가 지금 하고 있는 것들 중에 이걸 평생 계속하면 좋겠다 싶은 건 춤밖에 없어요."

"저도 마찬가지예요. 춤을 좋아하는 건 어떤 처지에 있는 사람도, 심지어 우리 같은 처지에 있는 사람도 마찬가지거든요. 우리가 춤에서 얻는 즐거움이 이 정도로 크지 않다면, 아마 우리가 춤을 이 정도로 잘 추지는 않을 거 같아요."

"하지만 어쩌면 우리가 춤에서 얻는 즐거움이 어느 정도인지 우리는 모르지 않을까요? 그건 아무도 모르는 거 아닐까요?"

"상관없잖아요? 몰라도 된다면 계속 모르기로 하지요."

"하지만 어떡해요! 댄스 클럽 문 닫는 시간이면 기억이 나는 거예요. 월요일이구나. 저는 노파를 씻기는 내내 노파한테 '늙은 잡년'이라고 말해요. 그래도 저는 제가 나쁜 년이라고 생각하지 않지만, 저한테 그렇게 말해줄 사람은 아무도 없으니, 제가 믿을 수 있는 건 저 자신밖에 없죠. 제가 노파한테 '잡년'이라고 하면 노파가 나를 보면서 씩 웃어요."

"제가 그쪽 분한테 이렇게 말씀드려도 될지 모르겠지만, 그쪽 분은 나쁜 분이 아니에요."

"하지만 그 사람들에 대해 생각하다보면, 아실지 모르겠는데, 마치 그 사람들에게 무슨 잘못이 있는 양 정말이지 나쁜 감정이 들거든요. 저 스스로를 설득해보려 해도, 다른 식으로는 생각이 안 되는 거예요."

"그런 생각들은 그냥 흘려버리세요. 그쪽 분은 나쁜 분이 아니에요."

"정말 그렇게 생각하세요?"

"진짜로 그렇게 생각하고요. 앞으로 언젠가 그쪽 분은 자기 시간과 자기 자신에게 아주 너그러운 분이 되실 거예요."

"그쪽 분은 좋은 분이세요."

"제가 이렇게 말씀드리는 건 제가 좋은 사람이라서가 아닌데요."

"그나저나 그쪽 분한테는 어떤 일이 일어나나요?"

"아무 일도 안 일어나요. 보시면 아시겠지만, 저는 이제 전혀 젊지도 않고요."

"하지만 자살을 생각하셨다던 분한테요? 그렇게 말씀하셨잖아요?"

"아, 그때는 먹고사는 일을 그만둘까 싶게 게을렀던 것뿐이에요. 아주 심각한 건 아니었고요. 별거 아니었어요."

"설마 그럴 리가요. 그쪽 분한테도 뭔가 일은 생기죠. 그게 아니면 그쪽 분이 아무 일도 안 일어나기를 바라시는 거잖아요."

"누구에게나 날마다 일어나는 일, 그런 일 말고는 아무 일도 안 일어나는걸요."

"이걸 여쭤봐도 될지 모르겠지만, 그 도시에서는요?"

"저는 더이상 혼자가 아니었어요. 그러고 나서 또 혼자가 됐고요. 그건 우연한 기회였던 것 같아요."

"그렇지 않아요, 어떤 사람이 그쪽 분처럼 그렇게 더이상 희망을 갖지 않는다는 건, 무슨 일이 일어났다는 거예요, 당연한 게 아니에요."

"시간이 지나면 그쪽 분도 이해가 되실 거예요. 세상에는 그런 사람들이 있어요, 살아 있는 거 자체가 너무 즐거워서 희망을 안 가져도 되는 사람들이요. 저는 매일 아침 노래를 부르면서 면도를 해요. 그러면 된 거 아닌가요?"

"하지만 그 도시에 다녀오고 나서, 불행을 느끼신 적이 있잖아요?"

"있지요."

"그때는 방에서 나가지 말까 하는 생각을 안 하셨고요?"

"네, 안 했지요, 그때는. 혼자가 아닐 때가 가끔은 우연하게라도 생긴다는 걸 알았으니까요."

"아침 시간 말고 다른 시간대에 무슨 일을 하시는지, 그걸 말씀해주세요."

"물건 팔고, 그러다 식사하고, 그러다 떠나고, 그러다 신문 읽고 그러지요. 신문은 엄청날 정도로 기분전환이 되는 거라서, 저는 다 읽어요, 광고까지 전부. 그렇게 다 읽고 나면, 기억을 더듬어야 해요, 여기가 어딘지 잘 기억이 안 날 만큼, 그 정도로 몰입돼 있는 거예요."

"하지만 제 말은, 아까와 똑같은 의미의 질문이었는데요, 그러니까 그쪽 분이 하신다는 그런 일들 말고, 아침 시간 말고, 물건 파는 거 말고, 기차 타는 거 말고, 식사하는 거 말고, 잠자는 거 말고, 신문 읽는 거 말고, 그렇게 겉으로 보이는 일 말고 무얼 하시는지, 어떻게 말씀드려야 할까요, 하는 것 같지 않은데 하는 일이라고 할까요, 그런 의미에서 무슨 일을 하시는데요?"

"그렇군요, 무슨 말씀인지 알겠네요…… 하지만 제가 보기에 그렇게 겉으로 보이는 일 말고 제가 뭘 하는지는 모르겠어요. 가끔은 그걸 좀 알려고 노력해보지만, 왜 아니겠어요, 하지만 그 정도로는 부족할 테니까, 제 노력이 충분한 건 아닐 테니까, 제가 끝내 그걸 알지 못할 수도 있겠지요. 아, 아시잖아요, 왜 이러고 사는지 전혀 모르는 채로 이러고 사는 게 저는 꽤 흔한 경우라고 생각하거든요."

"그렇지만 그걸 알기 위해 그쪽 분이 노력하시는 것보다 좀더 노력하는 것도 가능할 거 같은데요."

"저는 흘러가는 대로 살아요, 이해하실지, 흘러가는 대로 절 내버려두는 거죠, 그러다보니 사는 게 그쪽 분보다는 쉬워요. 사실 모든 문제가 여기 있네요. 그러니 제가 어떤 것들을 모르는 채로 지낼 수 있는 거죠."

두 사람은 또 한번 입을 다물었다. 젊은 여자가 다시 입을 열었다.

"그런데, 이렇게 말씀드려서 죄송하지만, 저는 그쪽 분이 어떻게 그렇게 되신 건지 잘 이해가 안 돼요, 어쩌다 그런 소소한 직업을 갖게 되신 건지."

"아까도 말씀드렸듯이, 조금씩 조금씩 그러다 이렇게 됐지요. 형제자매들은 다 성공했는데, 다들 자기가 뭘 원하는지 알고 있었어요. 저는,

아까도 말씀드렸듯이, 저는 그걸 몰랐고요. 그들도 똑같은 말을 해요. 네 인생이 어쩌다가 그렇게까지 폭삭 망했는지 모르겠다고."

"웃기는 표현이긴 한데, 의욕이 꺾였다는 표현이 더 적당하지 않을까 싶네요. 하지만 그쪽 분이 어떻게 그렇게 되신 건지 이해하지 못하는 건 저도 마찬가지예요."

"솔직히 말씀드리자면 저는 성공에 늘 좀 관심이 없었어요, 성공이라는 게 제게 무슨 의미인지 제대로 이해를 해본 적이 없었지요. 여기서부터가 문제였던 거 같네요. 그렇기는 해도, 저는 이런 일을, 제가 하는 이런 일을 그렇게 소소한 직업으로 여기지는 않거든요."

"그런 표현을 쓴 건 사과드릴게요, 한데 저라면 그런 표현을 해도 괜찮을 거 같아서, 제 직업은 직업도 아니니까요. 제가 그 말씀을 드렸던 건 그저 이야기하고 싶은 마음이 생기셨으면 해서, 그쪽 분이 저한테는 수수께끼처럼 느껴진다는 걸 알아주셨으면 해서, 그래서 그랬던 거예요, 언짢게 하려고 그랬던 게 아니라요."

"잘 알아들었어요, 아무렴요. 그쪽 분의 표현을 지적했으니 언짢게 한 사람은 오히려 저네요. 세상 어딘가에는 제 직업의 가치를 알아줄 수 있는, 제 직업을 무시하지 않는 사람들이 많다는 건 저도 잘 알지요. 기분 나쁜 건 전혀 없었고요, 솔직히 말씀드리자면 그냥 튀어나온 말이에요. 과거의 저에 대해 말하는 게 늘 지긋지긋하거든요."

두 사람은 다시금 입을 다물었다. 이번에는 겨울의 기억이 완연하게 돌아와 있었다. 해는 다시 나오지 않은 상태였다. 가려진 상태 그대로 움직여가며 도시 대부분을 뒤덮고 있었다. 젊은 여자는 입을 다문 채였다. 남자가 다시 말을 시작했다.

"제가 말씀드리고 싶었던 건 그게 뭐가 됐든 한순간도 제가 그쪽 분한테 무슨 조언을 했다고 여기지는 않으셨으면 한다는 거예요. 그 노파만 해도, 그저 말이 그렇다는 거였어요. 사람들 말마따나……"
"아, 그 이야기는 이제 그만하지요."
"그래요, 그만, 그만하지요. 제가 드렸던 말씀은 그저, 사람들 하는 말이 이해가 되니까, 적어도 그 사람 입장이 되어보려고 하다보니까, 그렇게 힘들게 기다리는 사람들이 덜 힘들 수 있는 방법을 찾다보니까, 가정도 해보게 되고 짐작도 해보게 되는데, 조언을 하는 거랑은 달라서 그러다보니 너무 큰 간극이 있는데, 제가 혹시 저도 모르게 그 선을 넘었다면 정말 죄송하다는……"
"이제 제 이야기는 좀 그만하지요."
"그래요."
"그래도 더 여쭤보고 싶은 게 있는데요. 말씀해주세요, 그 도시에서 그런 일이 있고 나서……"
남자는 입을 다물고 있었다. 젊은 여자는 더 조르지 않았다. 여자가 대답을 기다리는 것처럼 보이지 않았을 때, 그가 답했다.
"아까 말씀드린 대로, 그 도시에서 그러고 나서 저는 불행했어요."
"얼마나 불행하셨는데요?"
"더이상 불행할 수 없을 만큼. 그때껏 그렇게 불행했던 적이 없었던 거 같았지요."
"그러다가 괜찮아지셨나요?"
"네, 괜찮아졌어요."
"거기서는 외로운 적이 없으셨나요? 전혀?"

"전혀 없었어요."
"낮에도요? 밤에도요?"
"낮에도, 밤에도, 전혀 없었어요. 여드레 내내 그랬어요."
"그러다가 그 이후로 다시 혼자가 되신 건가요? 완전히?"
"네. 그때부터 계속요."
"가방 옆에서 온종일 주무셨다고 아까 말씀하셨는데, 그건 졸음 때문이었나요?"
"아니요, 불행 때문이었어요."
"그렇군요, 그때 더이상 불행할 수 없을 만큼 불행하셨다고 방금 말씀하셨는데. 아직도 그렇게 생각하시나요?"
"네."
이번에 입을 다문 것은 젊은 여자였다.
"울지 마세요. 제발." 남자가 미소 띤 얼굴로 말했다.
"눈물이 나는 걸 어떡해요."
"피할 수 없는 일들 같은 게 있잖아요, 아무도 피할 수 없는 일들이."
"아! 그게 아니에요. 저는 그런 일이 생기는 건 두렵지 않아요."
"그런 일이 생기기를 바라신다고도 하셨지요."
"맞아요, 저는 그러면 좋겠어요."
"그쪽 분 말이 맞아요, 그렇게 고통스럽게 하는 만큼 살고 싶게 하는 일도 없을 테니. 울지 말아요."
"이제 안 울어요."
"두고 보세요, 올여름부터는 그쪽 분이 언제고 그 문을 활짝 열어젖힐 거예요."

"때로는요, 그러거나 말거나 별로 상관없다 싶어요."
"하지만 두고 보세요, 두고 보시면, 그 문이 아주 빠른 시일 내에 열릴 거예요."
"제 생각에 그쪽 분은 그 도시에 머무르셨어야 해요, 무슨 일이 있어도 그러려고 해보셨어야 했는데."
"최대한 오래 머물렀는걸요."
"아니요. 거기 머물기 위해 애쓰는 데 전력을 다하지는 않으셨을 거 같아요, 그런 건 제가 잘 알거든요."
"거기 머무르려고 하는 데 필요하다 여겨지는 일을 전부 다 했는걸요. 하지만 제대로 해내지 못했을 수 있겠네요. 그 생각은 이제 그만하세요. 두고 보세요, 두고 보시면, 올여름이 가기 전에 바라시는 대로 될 거예요."
"네, 어쩌면요, 누가 알겠어요? 한데 그게 그럴 만한 가치가 있을까 가끔 궁금할 때가 있어요."
"그럴 만한 가치가 있지요. 아까 말씀하셨잖아요, 이러고 있으니, 이렇게 되려고 한 건 아니지만, 이러고 있으니, 그 문을 열어야 한다고. 그거 말고 할 수 있는 게 없다고. 그쪽 분이라면 해내실 거예요. 올여름이 가기 전에 그 문을 열어젖히실 거예요."
"가끔은요, 나는 그 문 절대 못 열 거다, 일단 그럴 준비가 되면 뒷걸음질칠 거다, 그런 생각이 들기도 하거든요."
"아니에요. 그쪽 분이라면 해내실 거예요."
"그 말씀은, 제가 있는 이곳에서 벗어나기 위해서는 제가 택한 이 방법이 유일하게 좋은 방법일 거라고 생각하신다는 뜻인가요? 마침내 뭔가를 이루려면요?"

"그런 거 같아요, 맞아요, 그 방법이 그쪽 분에게 가장 적합한 거 같아요."

"그 말씀은, 이 방법 말고 다른 방법을 택할 수도 있을 거다, 제가 택한 이 방법 말고 다른 방법들도 있을 거다, 그건가요?"

"물론 다른 방법들도 있을 거 같아요, 네, 한데 그런 방법들이 그쪽 분에게는 덜 맞을 거 같지만요."

"그건 맞아요, 그렇죠?"

"제 생각은 그래요, 하지만, 물론 저도 그 누구도 그쪽 분한테 완전히 확실하게 말할 수는 없겠지만요."

"그쪽 분이 아까 그러셨잖아요, 여행 다니면서 두루 구경하다보니 보는 눈이 생겼다고. 그래서 이렇게 묻는 거예요."

"확실히 희망과 관련해서는 보는 눈이 정말 없는 거 같아요, 저한테 보는 눈 같은 게 있다면, 그건 외려 소소한 일상 쪽, 거창한 어려움 쪽이 아니라 자잘한 어려움과 관련해서인 거 같고요. 하지만 어쨌든, 다시 말씀드리자면, 그쪽 분이 택하시는 방법에 대해서는 제가 그렇게 완전히, 완전히 확신하지 못한다고 해도, 그쪽 분이 당장 올여름부터 그 문을 열어젖히시리라는 것에는 완전히 확신이 들거든요."

"어쨌든 감사드리고 싶네요. 그런데, 아까도 여쭤보았는데, 그쪽 분은요?"

"봄이 오고 날이 좋잖아요. 전 여기서 떠나서 다시 시작해야지요."

두 사람은 마지막으로 입을 다물었다. 마지막으로 다시 말문을 연 것은 젊은 여자였다.

"숲속에 누워 계셨을 때, 그 이후에 그쪽 분을 일으켜세우고 다시 걷
게 만든 게 무엇이었나요?"
"모르겠어요, 그렇게 될 수밖에 없지 않았을까요."
"혼자가 아닐 기회가 가끔은 우연하게라도 생길 수 있다는 걸 그때
알게 되셨다고, 그래서였다고 아까 말씀하셨잖아요."
"아니에요, 그건 나중이에요, 제가 그걸 알게 된 건 며칠이 지나서예
요. 그때 거기서는, 알게 된 게 아니라, 이제 아무것도 모르겠다 싶었
지요."
"그렇다면, 우리는 역시 서로 많이 다르네요. 저였다면 다시 일어서
기를 거부했을 거 같아요."
"천만에요, 거부하셨을 거라니, 누구한테요? 무엇에 대고요?"
"뭔들요. 저였다면 거부했을 거예요, 그게 다예요."
"잘못 생각하시는 거예요. 그쪽 분도 저처럼 하셨을 거예요. 추운 날
씨였어요. 저는 추워서 다시 일어섰어요."
"우리는 달라요, 서로 달라요."
"물론 다르겠죠, 맞아요, 우리는 문제를 푸는 방식이 분명 서로 달
라요."
"아니요. 우리는 그보다는 좀더 다를걸요."
"아닐 거 같은데요. 제 생각에 우리가 일반적으로 서로 겪는 차이에
비해서 그렇게 크게 다르지 않을 거 같은데요."
"그럴까요, 제가 잘못 생각했을 수도 있겠네요, 그럼."
"그리고 우리는 상대가 하는 말을 알아들으니까, 뭐든 적어도 알아
들으려고 노력은 하니까요. 춤을 좋아하는 것도 그렇고요. 말씀하신 데

가 크루아니베르에 있다고 하셨나요?"
"네, 유명한 데예요. 우리 같은 많은 사람들이 자주 드나들죠."

가만히, 아이가 공원 저쪽 끝에서 다가와 젊은 여자 앞에 섰다.

"피곤해." 아이가 말했다.

남자와 젊은 여자는 주변을 둘러보았다. 하기야 대기의 황금빛이 다소 사그라들어 있었다. 저녁이었다.

"시간이 늦긴 늦었네요." 젊은 여자가 말했다.

남자는 이번에는 아무 기척도 하지 않았다. 젊은 여자는 아이의 손을 닦아주고 아이의 장난감들을 주섬주섬 챙겨 가방에 넣었다. 하지만 아직 벤치에서 일어서지는 않았다. 놀다가 갑자기 지친 아이가 젊은 여자의 발치에 앉았다.

"수다를 떨면 시간이 더 빨리 가는 거 같아요." 젊은 여자가 말했다.

"그러고 나서는 갑자기 너무 느려지고요, 네, 맞아요."

"정말 그래요, 다른 시간으로 넘어간 것처럼. 그래도 말을 하는 게 도움이 돼요."

"도움이 되죠, 맞아요, 좀 괴로워지는 건 그러고 나서죠, 말을 하고 나서잖아요. 시간이 너무 느려지니까요. 어쩌면 말을 아예 안 하는 게 나을지도 모르겠네요."

"어쩌면요." 젊은 여자가 약간 시간을 두고 말했다.

"바로 이런 느릿함 때문에, 말을 하고 나서라고 한 거죠."

"이런 침묵 때문일 수도 있겠고요, 아마 그쪽 분이나 저나 둘 다 곧 그 속으로 돌아가겠지요."

"네, 그렇죠, 그쪽 분이나 저나 둘 다 곧 침묵 속으로 돌아가겠네요. 벌써 돌아간 느낌이 드네요."

"오늘 저녁에 저한테 더는 말을 걸 사람이 이젠 없거든요. 언제나 침묵 속으로 돌아가, 쭉 그렇게 있다가 잠자리에 들겠지요. 저는 스무 살인데요. 제가 세상에서 무슨 짓을 한 걸까요, 일이 이렇게 되도록 말예요?"

"그런 거 없어요, 그렇게 생각하지 마세요. 앞으로 세상을 위해서 무슨 일을 할까, 그런 식으로 생각해보세요. 그러네요, 어쩌면 말을 아예 안 하는 게 나았을 텐데. 말을 하면 그때부터는 포기했던 즐거운 습관을 되찾은 느낌이거든요. 설사 전에는 그런 습관을 들인 적이 없다 해도요."

"그러네요, 말씀하신 대로, 마치 말하는 즐거움이 어떤 건지 알고 있었던 것처럼요. 그 즐거움이 이렇게 크다니 이런 건 참 자연스러운 일이 맞는 거 같아요."

"상대방의 말을 듣는 즐거움도 그에 못지않게 자연스럽지요, 크다는 것도 마찬가지고요."

"네, 그럼요."

"시간이 좀 지나면 헤아리시게 될 거예요, 그러시기를 바라요."

"제가 말이 많았군요, 용서를 구하고 싶네요."

"그런 말씀 마세요! 제가 그쪽 분을 용서해드릴 것도 없거니와, 이 세상에 그 일만큼 제 용서를 구할 필요가 없는 일도 없을 거예요."

"그렇게 말씀해주셔서 감사해요."

젊은 여자가 벤치에서 일어섰다. 아이가 일어서더니 여자의 손을 잡았다. 남자는 그대로 앉아 있었다.

"벌써 서늘해졌어요." 젊은 여자가 말했다.

"낮에는 착각을 하게 되지만, 그러게요, 아직은 여름이 아니네요."

"그러네요, 그걸 자꾸 잊게 되네요. 그 점은 말을 하고 나서 다시 침묵에 빠지는 점과 좀 비슷하네요."

"정말 그러네요."

아이가 젊은 여자를 자기 쪽으로 끌어당겼다.

"피곤해." 아이가 아까 했던 말을 또 했다.

젊은 여자는 아이의 말을 듣지 못한 듯했다.

"어쨌든, 이제 돌아가야 해요." 마침내 그녀가 말했다.

남자는 움직이지 않았다. 그의 막연한 시선은 아이를 향해 있었다.

젊은 여자가 물었다. "그쪽 분은 안 가세요?"

"네, 저는 좀더 있을게요, 폐문 시간까지 있다가 딱 그때 갈게요."

"오늘 저녁에 할일은 없으세요?"

"네, 딱히 없어요."

"저는 들어가봐야 해요." 여자가 머뭇거리다가 말했다.

남자는 벤치에서 슬며시 일어나 아주 살짝 얼굴을 붉혔다.

"혹시 그러실 수는 없으실지, 한 번쯤, 들어가시는 걸 조금만…… 늦춰보시는 게?"

젊은 여자는 아주 잠시 머뭇거리다가 아이를 가리켜 보였다.

"그러고 싶지만, 안 되겠는데요."

"제가 그렇게 말씀드린 건 그러는 게, 특히 그쪽 분한테, 이야기를 좀 더 하는 게 도움이 될까 해서 그런 뜻으로 드린 말씀이었어요. 다른 뜻은 없어요."

"아! 저도 그렇게 알아들었지만, 그래도 안 돼요. 평소 시간보다 벌써 늦었어요."

"그러시다면 인사드릴게요, 안녕히 가세요. 그쪽 분이 크루아니베르 거기 댄스 클럽 가시는 게 토요일이라고 하셨나요?"

"네, 매주 토요일이에요. 그쪽 분이 오시면 함께 몇 곡 출 수 있겠지요, 만약 원하신다면요."

"그러네요, 그럴 수도 있겠네요, 그쪽 분이 허락해주신다면요."

"즐거운 시간을 보내자, 뭐, 그런 뜻으로 말씀드리는 거예요."

"저도 그렇게 알아들었어요. 그러면 어쩌면 곧, 어쩌면 토요일, 또 봬요, 갈 수 있을지야 모르지만."

"오실 수 있으면 그때 봬요, 안녕히 계세요."

"안녕히 가세요."

젊은 여자는 두 걸음을 걷고 돌아섰다.

"제가 드리고 싶었던 말씀은…… 그렇게 가만히 폐문 시간까지 기다리는 대신 짧은 산책을 해보시는 건 어떨까요?"

"감사한 말씀이지만, 괜찮아요, 저는 폐문 시간까지 이렇게 있는 편이 좋아서요."

"제 말은, 그러니까 짧은 산책은 아무것도 아니잖아요? 그냥 산책인데도요?"

"괜찮아요, 저는 이렇게 있는 게 좋아요. 저한테 짧은 산책은 아무 의미도 없을 거예요."

"공기가 점점 더 서늘해져요…… 제가 왜 이렇게 자꾸 권하느냐 하면…… 그쪽 분은 잘 모르실 수도 있는데, 공원이 문을 닫을 때, 그럴 때 얼마나 슬퍼질지……"

"저도 그거 알아요, 하지만 그래도 저는 여기 있는 게 좋아요."

"늘 그러세요? 공원 문이 닫히기를 늘 그렇게 기다리고 계세요?"

"평소에는 안 그래요. 저도 그쪽 분과 같은데, 대개 그때를 안 좋아하는데, 하지만 오늘은 그때까지 기다릴 생각이에요."

"아마 그러실 만한 이유가 실은 있으시겠지요." 젊은 여자가 꿈꾸듯 말했다.

"제가 비겁한 인간이라서, 그래서 그래요."

젊은 여자가 한 걸음 다가왔다.

"아!" 여자가 말했다. "저 때문에 그런 말씀을 하시는 거군요, 제가 했던 말들 때문에, 이제 알겠네요."

"아니에요, 제가 이런 말씀을 드리는 건, 평소에 늘 이 시간대가 진실을 알아보고 진실을 말하도록 이끄는 시간대라서, 그래서 그래요."

"그렇게 말씀하지 마세요, 제발 그러지 마세요."
"하지만 정말 그런걸요. 저의 비겁함은 우리가 이야기를 시작한 뒤로 제가 했던 모든 말들에서 튀어나온걸요."
"그렇지 않아요, 그건 그렇게 한마디로 말씀하실 수 있는 거랑은 달라요. 그렇게 말씀하시는 건 맞지 않아요."
남자는 미소를 지었다.
"어쨌든 그건 그렇게 중요한 게 아니에요, 정말이에요."
"하지만 공원에서 문이 닫힐 때 갑자기 자기가 비겁한 사람이라는 걸 알게 된다는 게, 저는 이해가 안 돼요."
"이러지 않으려면…… 절망에 빠지지 않으려면 뭐라도 해야 되는데, 전 아무것도 안 하고 있으니까요."
"하지만 이런 상황에서 뭐가 용기인가요? 짧은 산책을 하는 데 무슨 용기를 내야 되나요?"
"절망하지 않기 위해서 뭐라도 하려면, 이런 절망감에서 잠시라도 빠져나오려면 용기를 내야 되거든요."
"제가 이렇게 부탁드려요, 짧은 산책이라도 괜히 해보세요."
"아니, 됐어요, 제 인생 전체가 이런 식이에요."
"그래도 한 번만, 딱 한 번만 해보세요."
"안 할래요, 저는 변화가 시작되는 게 싫거든요."
"아! 알겠어요, 제가 말을 너무 많이 해서 이렇게 됐군요."
"그 반대예요, 오히려 그쪽 분의 이야기를 듣는 즐거움이 너무 강렬해서 평소 제가 이런 인간이라는 걸, 이렇게 비겁함으로 완전히 둔해져 있던 인간이라는 걸 절감했는데요. 하지만 그건 예컨대 어제에 비해서

더하지도 덜하지도 않은 평소 그대로의 비겁함이에요."

"저는 비겁하다는 게 뭔지 잘 모르지만, 그쪽 분이 그렇게 비겁하시다고 하니 그게 제 용기를 조금 부끄럽게 만드네요."

"그리고 저는, 그쪽 분의 용기 덕에 제 비겁함을 훨씬 더 생생하게 느끼는 거고요. 말을 하자면 그런 거죠."

"그쪽 분을 보면 용기란 게 좀 쓸데없는 게 아닐까, 용기 같은 건 없이 지낼 수도 있겠다, 결국 그런 생각이 들어요."

"우리는 각자 자기가 할 수 있는 걸 하는 거예요, 사실은, 그쪽 분은 용기 있게, 저는 비겁하게, 중요한 건, 할 수 있는 걸 하는 거, 그거예요."

"네, 그럼요, 그런데 왜 그럴까요? 비겁함에는 이렇게 끌리는데 용기에는 이렇게 안 끌리는 거, 그건 왜 그런 걸까요?"

"늘 비겁하기는, 혹시 아실지, 그건 너무 쉬우니까요!"

어린아이가 젊은 여자의 손을 잡아끌었다.

"피곤해." 아이가 또 한번 말했다.

올려다보는 남자의 눈에 다소 걱정스러운 기색이 묻어났다.

"꾸지람이 있을까요?"

"피할 수 없겠네요."

"죄송해요."

"아실지 잘 모르겠지만, 그런 건 정말 중요하지 않아요. 저 말고 다른 사람한테 하는 꾸지람 같아서요."

두 사람은 몇 분 더 말없이 기다렸다. 많은 사람들이 공원을 떠나고 있었다. 길들이 끝나는 곳에서 하늘은 장밋빛이었다.

"그러네요." 마침내 젊은 여자가 말했다—잠에서 깨어났을 때의 목소리 같았다. "각자 자기가 할 수 있는 걸 하는 거예요, 그쪽 분은 비겁하게, 저는 여기서 이렇게 용기를 내서."

"그래도 우리는 먹고는 살아요. 우리가 여기까지는 해낸 거예요."

"네, 맞아요, 거르는 날 없이 먹고사는 데까지는 해낸 거네요, 다들 각자 해내듯이."

"그리고 이따금 우리는 말할 기회를 찾지요."

"맞아요. 설사 그게 괴로워질지라도."

"모든 게, 모든 일이 괴로움이 될 수 있어요. 먹는 일조차, 때로는."

"아주 오래오래 굶었다가 먹는 걸 말씀하시는 건가요?"

"네, 바로 그런 때죠."

아이가 칭얼대기 시작했다. 젊은 여자는 그제야 아이를 막 발견한 것 같은 얼굴로 아이를 바라보았다.

"어쨌든 저는 가봐야 해요." 여자가 말했다.

그녀는 다시 한번 아이 쪽을 돌아봤다.

"한 번만 얌전히 있어봐." 여자가 아이에게 부드럽게 말했다.

그러고는 남자 쪽으로 돌아섰다.

"그럼 이제 인사드려야겠네요, 안녕히 계세요."

"잘 가요. 그 댄스 클럽에서 뵐지도 모르겠네요."

"네, 그럴지도요. 그쪽 분이 거기 오실지 어떨지 벌써 알 수는 없겠지요?"

남자는 애써 대답했다. "아직은 그러네요, 모르겠어요."

"그게 참 궁금해서요."

"혹시 아실지, 제가 정말이지 너무 비겁하거든요."

"거기 오실지 말지를 그쪽 분의 비겁함에 맡기진 마세요, 부탁드려요."

남자는 또 한번 애써 대답했다.

"거기 가게 될지 말지를 벌써 알기란 저한테는 너무 어려워요. 안 되겠네요, 모르겠네요, 아직은 알 수가 없네요."

"하지만 평소 가끔 거기 가시는 거 아닌가요?"

"가지요, 가기는 가는데, 거기 아는 사람은 아무도 없거든요."

이번에는 젊은 여자가 미소를 지었다.

"즐기러 오세요, 결정을 즐거움에 맡기세요. 오시면 제가 춤을 얼마나 잘 추는지도 보시게 될 거예요."

"제가 만약 거기 간다면, 그건 즐기러 가는 거예요, 정말이에요."

젊은 여자는 더 환한 미소를 지었다. 하지만 남자는 그 미소를 견딜 수 없었다.

"아까 제가 그쪽 분 말씀을 이해한 바로는, 저처럼 사는 건 즐기는 일을 너무 소홀히 여기는 거라고, 저를 나무라셨지요."

"맞아요, 그랬죠."

"즐기는 일을 저처럼 경계해서는 안 된다고도 하셨고요."

"그쪽 분은 잘 모르시겠지만, 그쪽 분은 그런 경험이 너무 없어요."

"제가 받은 인상은요, 본인이 생각하시는 것보다 즐기는 것에 대해 그쪽 분이 많이 알지 못하신다는 거예요, 죄송해요. 저는 춤을 즐겨본 경험을 말씀드리는 거예요."

"맞아요, 그쪽 분하고는 춤을 즐겨본 경험이 없지요."

아이가 또 칭얼대기 시작했다.

"어서 가자." 젊은 여자가 아이에게 말했다. 이어서 남자에게 말했다. "인사드릴게요, 안녕히 계세요, 이번주 토요일에 만나뵐지도 모르겠네요."

"그럴지도요. 네, 안녕히 가세요."

젊은 여자는 아이와 함께 빠른 걸음으로 멀어졌다. 남자는 떠나는 그녀의 뒷모습을 바라보았다, 그녀가 더이상 보이지 않을 때까지. 여자는 뒤돌아보지 않았다.

해설

뒤라스와 『동네 공원』:
공원에서 만나는 개인의 보편성

> 내 인생의 이야기는 이렇다 할 게 없다.
> 별게 없다.
> 중심이 되는 게 전혀 없다.
> 길이 펼쳐지는 것도 아니고, 선이 그어지는 것도 아니다.*

1
작가 뒤라스가 되기까지

마르그리트 뒤라스(1914~1996)는 다양한 장르의 여러 작품에서, 그리고 수많은 인터뷰에서 자기의 삶을 이야기했다. 그 자신이 제공한 자전적 정보가 풍성하고 흥미로운 만큼, 사실과 다르거나 서로 모순되는 정보들도 적지 않다. 그녀의 회상에서 진위의 구별은 불가능하거나 무의미한지도 모른다. 예컨대 자전적 소설로 알려진 『연인』(1984)에서 "내가 내 아들이라고 생각하는 작은오빠"를 구하고자 어머니의 애정을

---

* Marguerite Duras, *L'Amant*, Paris: Minuit, 1984, 14쪽.

받으며 기세등등히 군림하는 "큰오빠라는 놈을 죽이고 싶었다"는 화자의 고백은, 일상의 풍경이라기보다는 프로이트적 의미의 가족 로맨스에 가까운 듯하다.*

물론 의심할 수 없는 전기적 사실들도 있다. 뒤라스는 1914년에 사이공 근교의 작은 마을에서 삼남매 중 막내로 태어났다. 당시 베트남은 프랑스령 인도차이나의 일부였고, 거기서 그녀의 부모는 본토가 설립한 학교의 교사들이었다. 부친은 건강 문제로 프랑스로 돌아갔다가 요양중에 세상을 떠났고, 모친은 어린 삼남매와 함께 남아 힘든 생활을 이어나갔다. 가족의 형편은 백인 사회의 여유와 식민지 원주민의 극빈 사이에 걸쳐 있었고, 막내 마르그리트는 프랑스어보다 베트남어를 더 많이 사용했다. 식민지 백인 사회에 대한 그녀의 분노와 비판은 초기 소설 『태평양을 막는 제방』(1950)에서 특히 생생하게 드러난다. 열대기후 덕에, 그리고 비교적 특이한 가정환경 덕에, 어린 마르그리트는 상당한 정도의 신체적 자유를 누릴 수 있었다. 뒤라스의 가장 유명한 작품이자 일흔 살의 뒤라스에게 공쿠르상을 안겨준 소설 『연인』은 바로 이 시기를 배경으로 하고 있다. 일찍이 범죄자가 된 큰오빠는 『연인』의 사건이 일어났을 무렵에는 이미 프랑스로 영구 송환당한 뒤였던 것 같다.

뒤라스는 열여덟 살 때 학업을 위해 프랑스로 떠났다. 대학에서는 주로 정치학과 법학을 공부했고, 졸업한 후에는 프랑스 외무부에서 연구원 겸 자료 관리자로 일했다. 작가 로베르 앙텔므Robert Antelme와 결

---

* 같은 책, 13~14쪽 참조.

혼한 것은 제2차세계대전 발발 직전인 1939년이었고, 첫 소설을 써서 갈리마르출판사에 보냈다가 반려당한 것은 그로부터 이 년 뒤였다. 마르그리트 도나디외라는 결혼 전 본명으로 필립 로크와 공저한 『프랑스제국』은 외무부 업무의 일환으로 작성한 국민주의 프로파간다였고, 첫 작품 『타느랑 가족: 철면피들』은 갈리마르를 비롯한 일곱 군데 이상의 출판사로부터 반려당한 뒤인 1943년 '마르그리트 뒤라스'라는 필명으로 플롱출판사에서 출간되었다. 작가 부친의 고향 마을 이름이었던 뒤라스가 그렇게 작가의 이름이 되었다. 그녀의 두번째 소설 『평온한 삶』(1944)은 갈리마르에서 출간되었다.

 1942년은 뒤라스가 첫아이를 사산한 해이자, 인도차이나에 남아 있던 그녀의 작은오빠가 죽은 해였다. 1943년 그녀는 남편 앙텔므, 동료 디오니스 마스콜로Dionys Mascolo와 함께 레지스탕스 활동에 적극 가담했다. 1944년 남편 앙텔므가 게슈타포에 체포당했다. 그는 강제수용소로 끌려가서 거의 죽음에 이르렀다가 가까스로 구출되었는데, 그녀의 작품집 『고통』(1985)은 바로 이 시기를 배경으로 하고 있다. 자전적 이야기로 알려져 있다는 점에서 『연인』과 연결되는 작품이다. 『고통』에서 남편의 행방을 뒤쫓던 화자는 나치 강제수용소의 정체를 알게 되고, 경악과 비탄으로 부서진 채 남편을 구해내기 위해 큰 위험을 무릅쓴다. 홀로코스트의 역사를 부정하는 극우 역사수정주의에 대한 저항이라는 『고통』의 정치적 의의를 1985년이라는 출간 시점으로부터 감지할 수 있는 것은 사실이다. 하지만 『고통』이 선악을 가르고 나치를 악으로 규정, 규탄하는 작품이냐 하면 그렇지는 않다. 『고통』으로 묶인 모든 글, 그중에서 특히 「카피탈 카페의 알베르」는 폭력을 저지를 가능성이 모든 인간에게 있음을 잘 보여준다. "이 범죄 앞에서 우리가 내놓을 수 있는 유일한 대답은 공동책임으로 하자는 것"*이라는 말에서 알 수 있듯이, 『고통』의 윤리가 선언하는 윤리가 아니라 주의하는 윤리라고 할 때, 주의의 윤리는 심판하는 자와 심판받는 자의 상호적 중첩적 관계를 인정하는 데서 시작된다.

 이러한 태도는 그녀의 남편이자 동지였던 앙텔므가 본인의 강제수용소 경험을 성찰한 회고록 겸 철학서 『인류』와 매우 분명하게 공명한다. 앙텔므에게 강제수용소에서의 하루하루는 생존을 위한 투쟁, 곧 인간으로 살아남기 위한 투쟁이었고, 그 고통스러운 투쟁의 동력은 모든 인간은 인간으로서 동등하다는 믿음이었다. 더 나아가 인간의 본성이 극한에 처한 그 상황에서 인간의 종류는 여럿이 아닌 그저 한 족속의 인간일 뿐임을, "SS가 끝까지 우리 위에 군림할 수 없을 것 이유는 우리가 그들과 똑같은 인간이기 때문"**인 지점까지를 통찰해낸다.

 앙텔므의 『인류』가 출간된 것은 두 사람이 이혼한 후인 1947년이었다. 뒤라스와 연인 마스콜로 사이에서 아들 장이 태어난 것도 1947년이었다. 세 사람의 우정은 평생 이어졌다. 그녀가 프랑스공산당에서 적극적으로 활동하던 때도, 지도부와 충돌한 끝에 당에 등을 돌릴 때도, 마스콜로와 앙텔므는 그녀와 같은 노선이었다. 뒤라스가 『연인』에서 전후戰後 프랑스공산당을 비판하는 한 대목에는, 외적 권위에 대한 미신적 신념이었다는 점에서 공산당 활동이나 나치 부역이나 다를 바 없다는 말까지 나온다. "둘은 동일하다. 동일한 동정이고, 동일한 구제 요

---

* Marguerite Duras, *La Douleur*, Paris: P.O.L., 1985, 57쪽, 60~61쪽.
** Robert Antelme, *L'Espèce humain*, Paris: Gallimard, 1947(1978), 240쪽.

청이고, 동일한 어리석음이고, 동일한 미신이다. 개인적 문제에 대한 정치적 해결을 믿는 미신."*

그후 제도권 정치에 참여하는 일은 없었지만, 뒤라스는 지식인으로서 정치적 견해를 밝히는 작업을 소홀히 하지 않았다. 특히 폭력적인 식민지 정책으로 파시즘의 프랑스 버전이라는 악평을 산 드골 정권 출범 당시에는 맹렬한 비판적 견해를 적극 개진했다. 알제리전쟁을 둘러싼 언론탄압이 도를 더해가던 1958년에는 드골의 알제리 정책이나 헝가리 봉기를 진압하고 너지 임레를 처형한 소련이나 크게 다르지 않다고까지 하면서 비판의 수위를 높였다. "프랑스에서는 아직 구토까지는 허용된다. 그 선까지는 행동에 나서는 것이 가능하다."** 이 글은 마스콜로가 장 슈스터와 함께 창간한 반정부 저널 〈7월 4일〉 창간호에 실렸다. 뒤라스와 마스콜로의 연애 관계는 1957년에 끝난 듯하지만, 정치적으로 두 사람은 여전히 동지였다. 1961년 뒤라스는 「알제리전쟁에서 상관의 명령에 불복할 권리를 선언함」에 서명한 프랑스 지식인 121명 중 하나였다. 프랑스군 사병들에게는 알제리 저항세력에 발포하라는 명령에 불복할 권리가 있다는 것, 그리고 "모든 해방된 사람"에게는 알제리 독립을 지지할 의무가 있다는 것이 이 선언문의 골자였다. 선언문을 작성한 사람은 마스콜로와 슈스터였고, 제목은 모리스 블랑쇼가 붙였다.

당시 뒤라스는 이미 여덟 권의 소설을 내고 연극과 영화로 활동 영역을 넓히고 있었다. 초기에는 젊은 여성 작가로서 야박한 평가와 노

---

* Marguerite Duras, *L'Amant*, 13~14쪽.
** Marguerite Duras, *Outside, papiers d'un jour*, Paris: Albin Michel, 1981, 90쪽.

골적 폄하에 시달리기도 했지만, 일곱번째 소설 『모데라토 칸타빌레』 (1958)로 평단의 절대적 찬사를 받으면서부터 누보로망의 대표작가로 추앙되기 시작했다. 뒤라스가 각본가로서 프랑스 누벨바그의 일원이 된 것은 알랭 레네 감독의 영화 〈히로시마 내 사랑〉(1959)이 전 세계적인 선풍을 불러일으키고부터였다. 1961년에는 마르그리트 뒤라스와 제라르 자를로가 공동 각본가로 참여한 앙리 콜피 감독의 〈이토록 긴 부재〉가 칸영화제 황금종려상을 받았다(루이스 부뉴엘의 〈비리디아나〉가 공동 수상작이었다).

2
『동네 공원』의 한 맥락

『동네 공원』(1955, 1989)은 욕구이론la théorie des besoins을 탐색하기 위해 쓴 작품이었다고 뒤라스는 훗날 한 인터뷰에서 밝혔다.* 디오니스 마스콜로의 『공산주의Le Communisme』가 출간된 것은 『동네 공원』이 나오기 이 년 전인 1953년이었다. 뒤라스가 말하는 욕구이론은 바로 이 책의 내용을 가리킨다.

마스콜로의 『공산주의』가 프랑스공산당에 대한 절망 속에서 공산주의의 윤리와 철학을 구상하는 작업이었다면, 욕구란 바로 이 구상의 토대가 되는 개념이었다. 『공산주의』는 '인간의 기본적 욕구는 무엇인가,

---

* Marguerite Duras, Les Parleuses, Paris: Minuit, 1974, 67쪽.

곧 인간은 인간으로 존재하기 위해 무엇을 필요로 하는가'라는 질문에서 시작된다. 『공산주의』의 의의는 이 질문에 대한 대답을 의식주라는 물질적 차원에서 소통이라는 상호주관적 차원으로 확장시킨다는 데 있다. "욕구가 보편적이라는 말은 부정적 상황이 보편적이라는 뜻, 곧 결핍이 보편적이라는 뜻이다. 인간의 보편적 욕구는 곧 인간이고자 하는 욕구라 할 수 있고, 인간이고자 하는 욕구는 소통 욕구, 곧 소통하고자 하는 무조건적 욕구라 할 수 있다."*

『공산주의』를 쓴 마스콜로에게 욕구는 윤리와 철학의 토대인 동시에 급진 정치의 토대였다. 따라서 소통이라는 상호주관적 차원의 욕구에 대한 고찰도 물질적 욕구에 대한 고찰과 마찬가지로 유물론적 방법으로 행해져야 했다. 다시 말해, 이 욕구의 정당한 충족을 가로막는 복잡한 상황을 역사적으로 규명해내야 했고, 이 욕구를 평등하게 충족시킬 정치적 비전을 그려 보여야 했다. 『공산주의』에 따르면, 기본권을 박탈당한 사람들의 비가시화되는 경험이야말로 소통되어야 할 경험이며(그런 경험의 소통이 아니라면 소통은 그저 빈말이다), 소통 욕구에 대한 고찰은 그런 의미에서 차별적 관습과 제도를 변혁하는 실천이다. 마스콜로가 국내의 취약한 사람들, 이민자들, 식민지의 원주민들, 소비에트연방 노동자들의 경험에 주목하면서 알제리 저항운동과 폴란드 노조운동을 위해 행동에 나섰던 것은 그런 의미에서 『공산주의』의 실천이었다.

『공산주의』의 욕구이론에서 중요하게 강조하는 것은 욕구의 근본적

---

* Dionys Mascolo, *Le Communisme. Révolution et communication ou la dialectique des valeurs et des besoins*, Paris: Gallimard, 1953, 303~304쪽.

인 지향점이 욕구의 구체적 대상이 아니라 욕구할 욕구를 인정하는 소통 공동체라는 점이다. 기본권을 박탈당한 사람들을 향한 주류 사회의 흔한 질문은 "그들의 욕구는 무엇인가? 그들에게 결핍되어 있는 것은 무엇인가?"이다. 하지만 그들을 포함한 모든 인간에게 가장 근본적인 욕구는 "내가 무언가를 욕구할 수 있는 인간임을 인정받고 싶은 욕구"다. 『동네 공원』의 한 대목은 바로 그 인정 욕구의 사례처럼 보이기도 한다.

> 여자: 제가 원하는 변화는, (…) 내 물건을 별거 아닌 것들이라도 가져보는 거 (…) 가끔 가스오븐이 꿈에 나오더라고요.
> 남자: (…) 거기서 끝나지 않을 거예요. 다음에는 냉장고를 갖고 싶을 거고, 다음에는 또다른 걸 갖고 싶을 거예요. (…)
> 여자: 그쪽 분은 제가 냉장고 갖는 데서 끝내지 않는 게 문제가 된다고 생각하시나요?

나는 무언가를 갖고 싶다, 가스오븐도 그중 하나다, 라고 여자는 말한다. 하지만 여기서 여자는 특정 주방용품의 구매 의사를 밝힌다기보다는 뭔가를 욕구할 욕구를 표현하고 있다. 상대가 이 욕구를 무시한다면, 대화는 더이상 이어질 수 없을 것이다.

물론 『동네 공원』의 모든 문장이 욕구이론의 사례인 것은 아니다. 『동네 공원』은 작품 전체가 외로운 남녀의 대화로 이루어져 있다. 『동네 공원』과 『모데라토 칸타빌레』의 여러 공통점 가운데 하나다. 주류 사회의 연애 규범에 비판적 거리를 두면서도 작품의 극적 긴장감을 독자의 로맨스 판타지에 걸고 있다는 점도 두 작품의 공통점이다. 대화를 나누는 남녀가 상대와의 관계에 대해, 그리고 삶 전반에 대해, 희망과는 거리가 먼 감정을 품고 있다는 것도 두 작품의 공통점이다. 다만 『모데라토 칸타빌레』에서는 희망이 죽음을 향한 희망인 것처럼 보이나, 『동네 공원』에서는 희망 자체에 대한 질문으로 몰아가면서 좀더 근원적인 심부를 건드린다. 남자가 행복을 느꼈던 한때의 경험을 들려준 뒤 거기서 비롯한 희망적 감정에 그 어떤 내용도 담을 수 없었음을 고백할 때, 독자는 욕구이론 탐색의 결과가 긍정적이지만은 않았을지도 모르겠다고 생각하게 된다. 우리는 누구든 "욕구할 욕구"를 인정받아야 하지만, 누군가에게는 그것이 그저 "희망을 향한 희망"일 뿐일지 모르고, 그것은 절망과 그렇게 다르지 않을지 모른다.

남자: (…) 저도 갑자기 행복해졌지요.
여자: 그런데 어떻게 행복하셨는지, (…) 그러니까 날마다 행복하다는 사람들처럼요?
남자: 그보다는 더요, 제 생각엔, 그건 아마 제가 평소 그런 데 익숙지 않아서였을 거예요. 어떤 엄청난 활력이 머리 쪽으로 올라왔는데, 어떻게 해야 할지 모르겠더군요.
여자: 그 활력 탓에 고통스러우셨나요?
남자: 그랬던 거 같아요, 활력을 발산할 만한 데를 못 찾으면 그만큼 괴롭잖아요.
여자: 전 그런 게 희망이라고 생각해요.
남자: 맞아요, 그런 게 희망이지요, 저도 알아요. 그런 것도 희망이

라면 희망이니까. 무엇에 대한 희망일까요? 무엇에 대한 것도 아닌 희망이죠. 희망을 향한 희망이랄까.

3

권위 작가에서 문화계 스타로

『모데라토 칸타빌레』와 『히로시마 내 사랑』의 대성공 이후, 뒤라스의 작품활동은 더욱 왕성해졌다.* 특히 70년대 이후의 '뒤라스'는 누보로망과 누벨바그의 중심에서 최고의 명성을 누리는 이름이었다.

여기에는 '1968년 5월' 이후의 사회 변화, 그중에서도 페미니즘의 영향이 있었다. 뒤라스의 주요 관심사였던 욕망, 사회적 배제, 광기는 페미니즘 비평이 선호하는 테마들이었고, 특히 미국 비평계에서는 뒤

---

* 뒤라스는 『앙데스마스 씨의 오후』(1962), 『롤 베 스타인의 환희』(1964), 『부영사』(1965), 『영국 연인』(1967), 『파괴하라, 그녀는 말한다』(1969) 등의 소설을 연달아 펴냈고, 『동네 공원』과 『라 뮈지카』 등의 연극 대본을 묶은 작품집도 펴냈다. 영화로는 〈라 뮈지카〉(감독 데뷔작을 폴 세방과 공동으로 감독했고), 〈파괴하라, 그녀는 말한다〉를 단독 감독했다(단독 감독 데뷔작). 『태평양을 막는 제방』(1950), 『지브롤터의 선원』(1952), 『모데라토 칸타빌레』(1958), 『여름밤 열시 반』(1960) 등 뒤라스의 여러 소설이 다른 감독들에 의해 영화화된 것은 그 이전이었다.
  그후 80년대 초반까지 뒤라스는 주로 영화작업을 이어나갔다. 〈황색 태양〉(1971), 〈나탈리 그랑제〉(1972), 〈갠지스강의 여인〉(1972), 〈인디아 송〉(1974), 〈숲속에서의 나날들〉(1976), 〈콜카타 사막에서 베니스라는 그의 이름〉(1976), 〈박스터, 베라 박스터〉(1976), 〈트럭〉(1977), 〈나비르 나이트〉(1979), 〈세자레〉(1979), 〈오렐리아 슈타이너〉 두 편(1979), 〈아가타 그리고 무한의 독서〉(1981), 〈대서양의 남자〉(1981), 〈로마의 대화〉(1982), 〈아이들〉(1985)이 이 시기의 영화들이다.

라스와 페미니즘의 관계를 규명하는 일에 큰 관심을 기울였다. 뒤라스가 페미니즘 작가로서 수많은 도발적 명언을 남길 수 있었던 것도 이런 논쟁적 분위기 덕분이었다.

> 남자들은 닥치는 법을 배워야 한다. 그들은 그러기가 너무 힘든 모양이다. 자기 안에 있는 이론의 목소리를 안 나오게 하기가, 이론적 해석이라는 실천을 안 하기가 너무 힘든 모양이다. 그들은 치료를 좀 받아야 한다. 삶으로 살아야 할 사건, '1968년 5월' 같은 큰 사건이 일어난 지 얼마나 됐다고, 남자들은 벌써 떠들고 이론화를 시도하고 침묵을 깨뜨린다⋯⋯ 고릿적의 이론적 실천을 주워 모아 '1968년 5월'에 대해, 이 새로운 사태에 대해 말을 하고 이야기를 하고 설명을 해서 처리하려고 한다⋯⋯ 남자들은 일을 다 망쳐야 직성이 풀렸다. 침묵의 흐름을 차단해버려야 직성이 풀렸다. 그들이 저지른 범죄를 생각하면 얼마나 절망스러운지. 범죄니까 범죄라고 하자. 남성적 범죄un crime masculin. 1968년 이후에 그 모든 전투적 태도들 앞에서 구역질이 났던 것은 남자들 때문이었다. 1968년 이후 여성해방운동이 앞에 나선 것은 우연이 아니다.*

뒤라스가 페미니즘과 거리를 두는 듯한 때도 없지 않았지만(『트럭』의 '뒤라스'는 "사실 나는 그런 거[여성의 언어un langage féminin]는 없다고 생각해. 해방된 언어가 있을 뿐"이라고 말한다), 성차별에 대한 예

---

* "Marguerite Duras, Interview", in Suzanne Horer and Jeanne Soquet, *La Création étouffée*, Paris: Pierre Horay, 1973.

민한 감각과 열렬한 공부는 뒤라스의 항구적 속성이었다(1988년 TV 인터뷰의 '뒤라스'는 "지독한 게 그런 예속이다. 그렇게 예속되어 있는 게 우리다. 우리를 그렇게 예속하기를 원하는 게 남자들이다. 그래서 지독하다는 거다"라고 말한다).

뒤라스가 학계에서 관심의 대상으로 떠올랐던 데는 정신분석학이라는 학문 분야의 영향도 컸다. 뒤라스의 『롤 베 스타인의 환희』가 나온 이듬해인 1965년에 프랑스의 대표적 정신분석가 자크 라캉Jacques Lacan이 뒤라스에 대한 짧은 글 한 편을 발표한 것이 그 계기였다. 라캉이 생존 작가를 주제로 글을 쓴 것은 그때가 처음이자 마지막이었고, 글의 제목은 무려 「『롤 베 스타인의 환희』의 마르그리트 뒤라스에게 바치는 오마주」였다. "마르그리트 뒤라스가 내 세미나를 들은 적은 한 번도 없지만, 내가 가르치는 내용을 그녀는 다 알고 있다"[*]라는 라캉의 유명한 말이 이 글에 나온다.

이렇듯 왕성한 작품활동과 지적 풍토의 변화에 힘입어 문학계와 영화계에서 부동의 명성을 누리게 된 뒤라스는 언젠가부터 대중매체를 활동 무대로 삼기 시작했다. 새로 문화의 한 축을 담당하게 된 대중매체는 뒤라스라는 카리스마의 흥행 잠재력을 놓칠 수 없었을 것이고, 영화의 수용 방식이 매체의 맥락 설정에 좌우되는 상황들을 영화감독 뒤라스로서는 무시할 수 없었을 것이다. 뒤라스 팬덤은 이미 형성돼 있었고(카르티에라탱의 한 작은 영화관에서는 〈인디아 송〉이 상시 상영작

---

[*] "Hommage fait à Marguerite Duras, du *ravissement de Lol V. Stein*" in *Marguerite Duras*, François Barat & Joël Farges(eds.), Paris: Editions Albatros, 1975, rev. 1979, 133쪽.

이었다), 정치적 견해를 거침없이 토로하는 성격, 관습적 규범에 구애받지 않는 친교, 일탈적이라고 여겨지는 작품 성향 등 한때 신인 작가 뒤라스를 악평과 폄하의 대상으로 만들었던 속성들이 대중문화용 페르소나의 구성요소로서는 오히려 대단히 매력적이었다. '뒤라스'라는 충동적이면서 도발적인 페르소나는 그렇게 각종 매체와의 서면 및 영상 인터뷰를 통해 서서히 만들어져갔다.*

뒤라스 페르소나의 소비자들은 늘 스캔들을 기다렸고, 뒤라스 페르소나는 그들이 원하는 사생활을 내어줌으로써 몸집을 불려나갔다. 인터뷰이 뒤라스는 관객에게 작가 뒤라스의 내밀한 감정을 전하는 역할이면서 동시에 관객과 함께 작가 뒤라스의 스캔들을 구경하는 역할이었다. 뒤라스 페르소나와 함께 작가 뒤라스('M. D.')라는 이면의 존재가 만들어지는 것은 불가피한 일이었다.

그녀는, M. D.는 글을 쓴다. 글쓰는 일 말고는 아무 일도 하지 않는다. (…) 내가 곧 스캔들인 면도 있다. 내가 왜 늘 스캔들의 대상인지 잘은 모르지만. 내 스캔들에는 정치적인 면이 있고 (…) 문학이라는 스캔들도 있고. 문학 자체가 스캔들인 것 같기도 하고. 특이해서인지, 사람들을 돌게 만들어서인지. 내 스캔들에도 조금이나마 이유가 있지 않을까? 나도 스캔들로서 늘 위험을 감수하고 엎어지고 그

---

* 『마르그리트 뒤라스의 장소들』로 나온 책에서 미셸 포르트와의 1976년 영상 인터뷰, 뒤라스 감독 영화 컬렉션 비디오 출시 기념으로 이루어진 도미니크 노게와의 영상 인터뷰, 『연인』 출간 기념으로 이루어진 베르나르 피보와의 영상 인터뷰, 1988년에 TF1 채널에서 방영된 네 시간짜리 영상 인터뷰가 특히 유명하다.

해설 131

래도 또 위험을 감수하는데? (…) 나는 밖에 나와 글을 쓰는 기분, 아무것도 숨기지 않는 글, 격 떨어지는 글을 쓰고 있는 기분인데, 그런 점에서 스캔들인 것 같다. (…) 내가 쓰는 문학이 이런 종류인 덕분에 스캔들이 되는 것 같다.*

작가 뒤라스가 주류 대중의 잠재적 적대를 의식하는 존재, 예술작품의 위력에 대한 어쩌면 과도한 믿음에 시달리는 존재였다면, 인터뷰이 뒤라스는 그런 속성들을 이런저런 병리 감정들로 단순화해 홍보 도구로 활용하는 역할이었다. 다음의 인터뷰에서도 '뒤라스'는 작가 뒤라스(독자의 심판을 조마조마하며 기다리는 '책'을 변호하는 역할)와 인터뷰이 뒤라스(작가 뒤라스의 취약함과 죄책감을 노출함으로써 독자의 호의를 유도하는 역할)로 양분되어 있다.

책을 낸 직후는 늘 어려운 시간이다. 호평을 받았더라도 그 시간을 살아내기는 어렵다. 애도 기간이라는 느낌도 좀 있다. 책을 죄인의 자리에 세우는 시간. 그리고 저자를 변호인의 자리에 세우는 시간. 책에 대해 말할 때는 금주 치료를 마치고 텅 빈 광장을 통과해야 했을 때와 똑같이 무섭다. 책 쓰는 일을 변호해야 하는데, 그러다보면 마치 그게 좀 나쁜 일 같아서, 그 부분을 참을 수 없다.**

위의 인터뷰이 뒤라스가 작가 뒤라스의 알코올중독 이슈를 불안이

---

* 1988년 영상 인터뷰.
** "L'Inconnue de la rue Catinat", *Le Nouvel Observateur*, 1984년 9월 28일.

라는 창작의 근원적 정동과 연결 짓는 절묘한 수사를 보여주었다면, 다음의 인터뷰이는 작품의 가치와 영향력에 대한 창작자 본인의 기대와 우려를 과대망상의 형태로 연출하는 유머감각까지 선보인다.

내가 이 영화의 개봉에 동의한다면, 개봉관이 단 하나라고 해도, 이 영화가 어떤 영화인지를 사람들에게 미리 경고하는 것이 나의 의무인 듯했다. 한쪽 사람들에게는 〈대서양의 남자〉를 보게 되는 일이 절대 없게 조심하고, 보게 될 위험이 닥치면 도망가라고 조언하는 것이. 그리고 다른 쪽 사람들에게는 이 영화를 꼭 보라고, 무슨 일이 있더라도 절대 놓치지 말라고, 인생은 짧다고, 번갯불처럼 금방 지나간다고, 어쩌면 개봉 이 주 만에 극장에서 종영될지 모른다고 조언하는 것이.*

4
'1989년 겨울'의 한 맥락

『동네 공원』이라는 소설이 나온 1955년으로부터 삼십사 년이 지난 1989년 겨울, 뒤라스는 이 책의 도입부에 제목 없는 짧은 글을 추가했다. 다음의 세 문단과 소설 한 대목의 발췌문, 그리고 '마르그리트 뒤라

---

* 도미니크 노게와의 인터뷰 참조. 다음의 부록 책자에도 실려 있다: "Marguerite Duras, œuvres cinématographiques: Edition vidéographique critique", Paris: Ministère des relations extérieures, 1984.

스/1989년 겨울'이라는 두 줄로 이루어진 글이었다.

그들은 가정부들, 파리 역들에 하차한 수천 명의 브르타뉴 여자들이었다. 또 그들은 시골의 작은 장터를 도는 행상들, 실과 바늘 같은 것을 파는 세일즈맨들이기도 했다. 사망증명서 말고는 아무것도 가져보지 못한—수백만 명에 이르는—사람들.

그들의 유일한 걱정거리는 살아남는 것, 곧 굶어죽지 않는 것과 매일 저녁 지붕 있는 잠자리를 마련하는 것이었다.
가끔은 무작정 누군가를 만나 말을 나누기도 했다. 서로가 공유하고 있던 불행과 저마다 처한 곤경에 대해 말하기도 했다. 여름날 공원에서, 기차에서, 늘 음악이 흐르고 사람들로 북적이는 시장통 카페에서는 그런 일이 일어나곤 했다. 그런 사람들은 그런 데가 없었다면 외로워서 못 살았을 거라고 했다.

이 글이 나온 1989년은 뒤라스가 소설과 기타 산문을 포함한 단행본 스물여덟 권, 연극 대본 아홉 권, 연극 대본 컬렉션 세 권, 영화 대본 여섯 권을 출간하고 장편영화 열아홉 편을 감독한 뒤였다(그후로 단행본 세 권이 더 나왔다). 끝없는 출간과 재출간과 개봉과 회고 이벤트에 둘러싸여 있던 노년의 현역 작가에게, 이 글을 쓰는 일은 의례적인 팬 서비스였을 수도 있다. 하지만 그렇지 않았을 수도 있다. 예전에 전해야 했던 메시지를 이제야 비로소 전하는 일이었을 수도 있다. 어느 쪽이라고 믿든 근거 없는 추측일 뿐이겠지만, 이 글의 질감이 『동네 공원』과 다른 것은 분명하다. 그것은 『동네 공원』 출간 직후에 나온 모리스 블랑쇼의 글을 연상시키기도 한다.

거의 추상적인 장소에서 거의 추상적인 두 목소리. (…) 그들의 조심스러운, 거의 유난스럽게 공손한 말들은 그 조심성 때문에 지독하다. 낮은 사람들의, 인사성이기만 한 것이 아닌 조심성, 그들의 극심한 취약성에서 비롯되는 것이기도 한 조심성 때문에. 상처 주는 것에 대한 두려움과 상처받는 것에 대한 두려움이 그들의 말 자체에 담겨 있다. (…) 그들이 추구하는 것이 궁극의 이해일까? 그렇게 서로를 알아봄으로써 위안을 주고받고자 하는 것일까? 너무 먼 목표다. 그들이 추구하는 것은 말하기, 그들이 우연히 갖게 된, 언제까지 가질 수 있을지 알 수 없는 그 마지막 방편을 이용하기, 그저 그뿐인지도 모른다. 그들의 하찮은 만남에 첫마디부터 그런 심각성을 안겨주는 것이 바로 그 허약하고 위태로운 방편이다. (…) 대화가 가능해지는 데 필요한 것은 우연한 만남의 기회다. 그리고 만남의 소박함이다(공원에서의 그런 만남만한 것이 없다). 그 소박함은 이 두 사람이 마주해야 하는 은폐된 긴장감과 대조를 이룬다. 그리고 그 긴장감마저 소박하다. 극적인 데가 전혀 없고, 엄청난 불행이나 범죄 사건이나 특정한 불공정 사례 같은 가시적 사건에 결부되어 있는 것도 아닌 긴장감, 그저 평범한, 입체성도 없고 "관심"을 끌지도 못하는 긴장감, 그런 까닭에 소박한, 거의 지워진 것이나 마찬가지인 긴장감이다(엄청난 불행 하나를 대화의 출발점으로 삼기는 불가능하다, 엄청난 불행 둘이 서로 대화하기가 불가능한 것과 마찬가지로). 그리고 마지막으로(이것이 필수인 듯하다), 무엇이 이 두 사람을 만나게 하는가, 두 사람 사이에 무슨 공통점이 있는가 하면, 동일한 세계에 살고 있으면서 전혀 다른 이유에서 그 세계와 단절되어 있다는 바로 그 사실뿐이다……* (…)

1956년 연극 〈동네 공원〉이 샹젤리제스튜디오 무대에 올랐을 때, 블랑쇼는 위의 글을 공연 팸플릿에 싣기도 했다. 공원에서 만난 두 남녀는 말을 나눌 뿐 블랑쇼의 말대로 "이해를 형상화하는 데 필요한 공유지"를 나누지는 못하며, 서로의 처지에 대한 소박한 감정적 반응 이외에 둘의 대화는 교감 없이 어긋나기만 한다. 그러나 거기서 어쩌면 서로가 서로에게 너무나 조심스럽고도 신중히 건넬 말을 찾고 있다는, 진실을 말하기 위한 말을 찾고 있다는 힘겨운 여지를 살피게 된다. 중요한 건 발화된 말의 내용이 아니라, 그들 각자가 공통성과 보편성이 뜻없이 교차하는 공원에서 자신을 타인에게 불가능한 방식으로 내어주고 있는 뜻밖의 나눔의 시간일 것이다. 뒤라스의 첫 연극이었던 〈동네 공원〉은 젊은 여성 작가가 당하리라고 예상되는 비난을 부족함 없이 당했으니(악평들 중에는 "헤밍웨이의 하드보일드를 흉내낸다" "베케트의 부조리를 잘 흉내내지도 못한다" 등도 있었는데, 정작 베케트 본인은 〈동네 공원〉 공연을 여러 번 관람한 열성적 관객이었다), 당시의 뒤라스에게 이 글은 찬양조라는 것만으로도 반가웠을지 모른다.

하지만 『동네 공원』을 욕구이론 탐색의 기회로 삼았던 뒤라스에게

---

* Maurice Blanchot, *Le livre à venir*, Paris: Gallimard, 1959(1999), 207~218쪽 참조.

는 이 글의 논조가 그리 달갑지만은 않았을지도 모른다. 『동네 공원』의 독자는 뒤라스의 떨떠름한 속마음을 상상해본다. "거의 추상적인 두 목소리"라니, "낮은 사람들"의 "하찮은 만남"이라니. "극적인 데가 전혀 없고, 엄청난 불행이나 범죄사건이나 특정한 불공정 사례 같은 가시적 사건에 결부되어 있는 것도 아닌" 내용이라니. 『동네 공원』의 대화 자체에 얼마나 극적 사건이 가득 숨어 있는데, 낮고 하찮다고 여겨지는 사람들에게는 일상 전체가 불공정 사례 아닌지 자문도 해볼 법한데 말이다. 『모데라토 칸타빌레』의 독자도 끼어든다. "엄청난 불행 하나를 대화의 출발점으로 삼기는 불가능"하다니. 이 '엄청난 불행 하나'가 '대화의 출발점'이 되는 것을 넘어 작품 전체의 출발점이 되는 경우도 있을 수 있는데 말이다. 뒤라스의 저널리즘 작업이 더 많은 독자에게 알려진다면, 기본권을 박탈당한 사람들에 대한 그녀의 관심이 "추상적 타자"에 대한 관심과 얼마나 거리가 먼지도 밝혀질 것이다.* 뒤라스는 여전히 근원적인 공유지를 찾고 있었다.

마지막으로, "엄청난 불행이나 범죄사건"은 저널리스트 뒤라스와 작가 뒤라스의 공동 관심사이자 단골 소재였다. 작가 뒤라스의 일탈적인 작품들이 뒤라스 페르소나에 그림자를 드리우는 경우도 있었고, 저

---

* 뒤라스의 『아웃사이드』(1981)는 그녀가 1950년대에 좌익 주간지 〈프랑스 옵세르바퇴르〉(〈누벨 옵세르바퇴르〉의 전신) 등에 기고한 기사를 묶은 것으로, 『동네 공원』의 남녀 같은 "신분증 없는 사람들"을 포함해 사회적 아웃사이더들에게 목소리를 주는 책이자(취재원 중에는 알제리 출신의 꽃 파는 남자, 학교에 적응하지 못하는 아이, 문맹의 육체노동자 여성, 엄청난 재능을 가진 일곱 살짜리 아동, 일흔한 살의 좀도둑 여성, 초등학교 한 반 아동 전체, 카르멜회 수녀도 있었다), 사회적 주류가 묵인하는 불의의 대가를 주변부의 삶들이 고통스럽게 치르고 있음을 깨닫게 하는 책이라는 점에서 "특정한 불공정 사례" 컬렉션일 수도 있다.

널리스트 뒤라스의 파격적인 기사들이 스캔들로 비화되는 경우도 있었다. 그중에서도 「숭고한, 불가피하게 숭고한 크리스틴 V.」라는 신문 기사가 불러일으켰던 스캔들은 지금까지도 다 가라앉지 않았을 정도다. 1985년, 〈리베라시옹〉은 크리스틴 V.의 아들 그레고리가 사망한 사건에 대한 취재를 뒤라스에게 맡겼다. 친모인 크리스틴 V.가 범인일까를 놓고 온 나라가 시끌시끌하던 때였다. 뒤라스가 써낸 글은 기사라기보다 소설에 가까운 글, 친모의 범행을 "본능적으로" 극화하면서 "크리스틴 V.가 범죄자라면, 그녀를 그렇게 만든 것은 모든 여성이 공유하는 비밀일 것"이라는 결론을 내리는 글이었다. 뒤라스는 하루아침에 전 국민의 공적公敵이 되었다. 기사가 나오고 바로 다음주에 〈레벤망 뒤 죄디〉가 사회적으로 가장 영향력 있는 여성 작가들에게 뒤라스에 대한 입장을 물었을 때, 프랑수아 사강을 포함한 인터뷰이 전원이 뒤라스를 성토했다. 작가라는 입장을 이용해 심리중인 사건에 무책임하게 개입하려 한다는 것이 그들의 주된 성토 이유였다. 과연 뒤라스는 공유지를 어디까지 파고들어가 넓히고 싶었던 걸까. 삼십사 년이 지나 뒤라스가 달아둔 '1989년 겨울' 메모는 이 공원의 두 사람의 대화를 또다시 펼쳐 보게 한다.

「숭고한, 불가피하게 숭고한 크리스틴 V.」을 포함해 역자 후기에 언급된 모든 글과 관련 정보의 출처는 영국의 프랑스문학 연구자 레슬리 힐Leslie Hill의 『마르그리트 뒤라스: 종말론적 욕망들*Marguerite Duras: Apocalyptic Desires*』(Routledge, 1993)이다. 뒤라스가 그레고리 사건에 작가로서 책임감 있게 개입할 방법이 과연 무엇이었을까. 그레고리 사건이 지금까지도 미제라는 사실이 뒤라스의 글과 어떤 관계가 있을까 등의 질문들에 대해 레슬리 힐이 대답을 하지는 않는다.

『동네 공원』의 번역 대본으로는 *Le Square* (Paris: Gallimard, 2022)를 사용했다. 1955년 판본의 마지막 문장("남자는 이것을 그 클럽으로 오라는 권유로 받아들였다")이 1990년부터 폴리오 총서로 나온 이 판본에는 없다.

2025년 봄
김정아

마르그리트 뒤라스 연보

1914년   4월 4일, 프랑스령 인도차이나 남부 사이공(현재의 베트남 호치민) 근교 지아딘에서 파견 교사로 근무하던 부모 슬하에 2남 1녀의 막내로 태어난다. 본명은 마르그리트 제르멘 마리 도나디외.

1915년   아버지 건강상의 문제로 가족 모두 프랑스로 떠났다가, 2년 뒤 인도차이나로 돌아와 하노이에 정착한다.

1920년   아버지가 캄보디아 프놈펜으로 전근 발령을 받아 떠나고, 어머니와 아이들은 하노이에 남는다.

1921년   어머니가 프놈펜에 자리를 얻게 되면서 가족은 메콩강변으로 이사한다. 마르그리트는 초등학교에 입학한다. 얼마 지나지 않아 건강 악화로 다시 프랑스로 돌아가야 했던 아버지가 로트에 가론주 뒤라스의 파르다이양 땅을 매입한다. 뒤라스는 훗날 이 지명을 필명으로 택한다. 같은 해 12월, 아버지가 사망한다.

1927년   7월, 어머니가 시암만에 있는 캄보디아 프레이놉에 약 200헥타르에 달하는 토지를 사들이지만 개발은 수포로 돌아간다. 이 사건은 소설『태평양을 막는 제방』에서 자세히 다뤄진다.

1928년   사이공의 샤스루로바고등학교에 입학한다. 이때 살던 하숙집이 훗날 단편「보아 뱀」에 영감을 준다. 이후 이웃 학교의 기숙사로 자리를 옮기고 한 베트남 부호와 사귄다. 이 관계의 내막은 자세히 알려지지 않았으나『태평양을 막는 제방』과『연인』을 통해 소설로 옮겨진다.

1931년   2월, 프랑스로 떠나 가족과 함께 파르다이양에 잠시 머문다. 이

곳에서의 기억은 훗날 첫 소설 『철면피들』의 바탕이 된다. 이후 가족과 함께 파리로 들어와 방브에 정착한다.

1932년 봄, 마르그리트는 임신한다. 어머니는 이런 사정을 전혀 몰랐고, 남자 쪽 가족이 낙태수술을 받게 한다. 9월, 사이공에 다시 일자리를 얻은 어머니를 따라 인도차이나로 돌아간다.

1933년 7월, 바칼로레아에 합격해 다시 프랑스로 돌아가는 배를 탄다. 마르그리트는 이후 인도차이나로는 발길을 돌리지 않는다. 11월, 파리 소르본대학 법학부에 입학한다.

1934년 방브를 떠나 보지라르가街에 있는 한 호텔에서 지내는 동안 뇌이에 사는 한 젊은 유대인을 만난다. 이 남자가 『부영사』의 모델이 된 것으로 알려져 있다. 이 시절 마르그리트는 연극과 독서에 탐닉하고 소르본에서 문학 수업을 듣기도 한다.

1936년 첫 남편이 될 로베르 앙텔므를 만난다. 6월, 법학 학사학위를 취득한다.

1937년 봄, 정치경제학 및 공법 이중전공으로 고등교육 학위를 취득한다. 이후 6월부터 식민성에서 근무하면서 파리15구로 이사한다.

1939년 9월, 2년간 병역을 마친 로베르 앙텔므와 결혼하지만, 로베르는 병역에서 해제되자마자 프랑스 동부의 군부대로 다시 배속되어 파리를 떠난다.

1940년 5월, 필립 로크와 공저한 『프랑스 제국 Empire français』이 갈리마르출판사에서 출간된다. 6월, 독일군이 파리로 진군하면서 피난길에 오른다. 8월 말경, 파리로 다시 돌아와 소집 해제된 로베르와 재회한다.

1941년 2월, 가스통 갈리마르에게 훗날 자신의 첫 작품이 될 소설 『타느랑 가족』의 원고를 보내지만, 원고 심사위원이었던 레몽 크노가 출판사의 거절 입장을 전한다.

1942년	5월, 첫 아이가 출산 도중 사망한다. 7월, 출판물관리위원회에서 근무한다. 이곳에서 두번째 남편이 될 디오니스 마스콜로를 만난다. 12월, 작은오빠 폴의 사망소식을 듣는다. 뒤라스는 훗날 『아가타』에서 이 죽음이 가져다준 절망감을 이야기하며 작은오빠와의 관계에서 자신이 느낀 근친상간적 감정을 회상한다.
1943년	4월, 첫 소설 『타느랑 가족: 철면피들 La Famille Taneran: Les Impudents』이 플롱출판사에서 출간된다. 이때부터 필명으로 '뒤라스'를 쓴다.
1944년	4월, 남편 앙텔므와 함께 대학 동문이던 프랑수아 미테랑의 레지스탕스 운동에 가담한다. 6월, 앙텔므가 체포되어 강제수용소에 감금된다. 가을, 뒤라스는 프랑스공산당에 가입한다. 12월, 갈리마르출판사에서 두번째 소설 『평온한 삶 La Vie tranquille』이 출간된다.
1945년	공산당 세포조직의 서기관을 하는 등 공산당 활동에 더 적극적으로 참여한다. 6월, 로베르 앙텔므가 다하우 강제수용소에서 돌아온다. 이 긴 기다림의 기억은 훗날 『고통』을 통해 전해진다. 전쟁 포로 및 강제수용자 관련 민족운동의 일환인 〈리브르〉지 출간에 참여하고, 히로시마에 원자폭탄이 투하되던 8월 6일에는 남편과 함께 '안시 호숫가 강제수용자들의 집'에 방문하는데, 이 기억은 훗날 『초록 눈』에서 자세히 다뤄진다. 10월, 리옹의 문학잡지 〈콩플뤼앙스〉에 실존주의적 색채가 가득한 단편 「잎사귀들」을 싣는다. 12월, 로베르 앙텔므와 함께 시테 위니베르셀출판사를 설립한다.
1946년	3월, 앙텔므와 마스콜로가 프랑스공산당에 가입하고, 앙텔므의 생브누아가(街) 5번지 아파트에 공산주의 지식인들을 비롯한 여러 인사가 모이기 시작한다. 이 '생브누아가 모임'에서 이탈리아 작가 엘리오 비토리니와 만나고, 이를 계기로 앙텔므, 마스콜로,

	뒤라스 세 사람은 이탈리아 리구리아 해변에서 여름을 보낸다.
1947년	4월, 로베르 앙텔므와 이혼한다. 6월, 뒤라스와 마스콜로의 아들 장 마스콜로가 태어난다. 10월, 〈레 탕 모데른〉지에 단편 「보아뱀」이 발표된다(이후 수정을 거쳐 『숲속에서의 나날들』에 재수록된다).
1949년	『태평양을 막는 제방』 집필에 힘쓰며 유년 시절의 기억을 청산하고자 한다. 12월, 뒤라스와 마스콜로는 공산당과 결별한다.
1950년	3월, 핵무기 제조 및 사용 반대 선언 '스톡홀름 호소문'에 서명한다. 6월, 세번째 소설 『태평양을 막는 제방 Un barrage contre le Pacifique』이 출간된다.
1952년	5월, 〈레 탕 모데른〉에 「마담 도댕」을 싣는다. 10월, 갈리마르에서 『지브롤터의 선원 Le Marin de Gibraltar』이 출간된다.
1953년	6월, 간첩 혐의로 사형을 선고받은 로젠버그 부부의 형집행 반대 시위에 참가한다. 10월, 뒤라스의 다섯번째 소설 『타르키니아의 작은 말들 Les Petits Chevaux de Tarquinia』이 갈리마르에서 출간된다.
1954년	11월 유일한 단편집 『숲속에서의 나날들 Des journées entières dans les arbres』이 갈리마르에서 출간된다.
1955년	3월, 주느비에브 세로가 각색한 〈태평양을 막는 제방〉이 라디오방송으로 전파를 탄다. 9월, 갈리마르에서 『동네 공원 Le Square』이 출간된다. 10월, 마스콜로, 앙텔므, 모랭, 루이르네 데 포레와 함께 '북아프리카 전쟁 지속에 반대하는 프랑스 지식인 행동 위원회'를 발족한다.
1956년	1월, 살바그람에서 열린 알제리민족 지지선언 집회에 참석한다. 이해 봄, 〈프랑스디망슈〉지의 기자이자 기혼자인 제라르 자를로와 사랑에 빠진다. 이 만남 이후 술이 뒤라스의 삶에서 점점 더 큰 자리를 차지하기 시작한다. 8월, 자를로와 생트로페에서

	여름을 보내던 중, 어머니가 사망한다. 9월, 뒤라스가 직접 각색하고, 클로드 마르탱이 연출을 맡은 〈동네 공원〉이 샹젤리제스 튜디오 무대에 오른다. 가을, 마스콜로와 헤어지지만 이후 10년 간 두 사람은 한집에 머문다.『태평양을 막는 제방』의 영화 판권 판매 수입으로 뇌플르샤토에 집을 산다.
1957년	2월, 좌파 주간지 〈프랑스 옵세르바퇴르〉에 처음으로 시평이 실린다. 이듬해 11월까지 발표한 시평 40편 대부분은 1981년『아웃사이드』에 수록된다.
1958년	2월,『모데라토 칸타빌레 Moderato cantabile』가 미뉘출판사에서 출간된다. 판매량은 엄청났고, 이때부터 언론에서는 마르그리트 뒤라스라는 이름이 '누보로망'과 함께 언급되기 시작한다. 6월,『모데라토 칸타빌레』가 알랭 로브그리예가 제정한 '메상 prix de Mai' 첫 수상작으로 선정된다. 5~7월, 알랭 레네의 제안으로 영화 〈히로시마 내 사랑〉의 시나리오와 대사를 집필하는 동시에『복도에 앉아 있는 남자』를 쓴다(1962년 〈라르크 L'Arc〉 지에 실리는 이 작품은 이후 1980년이 되어서야 미뉘를 통해 출간된다).
1959년	5월, 칸영화제 비경쟁부문에서 〈히로시마 내 사랑 Hiroshima mon amour〉이 소개되고, 이를 계기로 영화계에서 뒤라스의 명성이 크게 높아진다.
1960년	2월,『센에우아즈의 고가 다리 Les Viaducs de la Seine-et-Oise』가 갈리마르에서 출간된다. 각색 없이 바로 희곡으로 쓰인 첫 작품이다. 5월, 뒤라스와 자를로의 각색을 바탕으로 피터 브룩 감독이 연출한 〈모데라토 칸타빌레〉가 칸영화제에서 상영된다. 같은 달, 뒤라스는 자를로와 함께 〈이토록 긴 부재〉의 시나리오 작업을 시작하고, 앙리 콜피 감독은 이해 가을부터 촬영을 시작한다. 7월, 갈리마르에서 새 소설『여름밤 열시 반 Dix heures et

마르그리트 뒤라스 연보 145

　　　　　 demie du soir en été』이 출간된다. 9월, 이른바 '121인 선언'으
　　　　　 로 알려진 알제리 주둔 프랑스 병사의 원대복귀 위반권을 지지
　　　　　 하는 성명에 이름을 올린다. 가을, 갈리마르로부터 월급제 고료
　　　　　 를 받기 시작한다. 12월, 『히로시마 내 사랑』이 출간되어 서점에
　　　　　 서 큰 성공을 거둔다.
1961년　 1~2월, 알랭 로브그리예, 나탈리 사로트와 함께 영국 순회강연
　　　　　 을 떠난다. 2월, 마튀랭극장에서 헨리 제임스의 『애스펀의 편지
　　　　　 The Aspern Papers』가 상연되는데, 앙텔므와 함께 프랑스어 번
　　　　　 역 텍스트를 준비한다. 5월, 〈이토록 긴 부재 Une aussi longue
　　　　　 absence〉가 칸에서 상영되고 황금종려상을 공동수상한다. 9월,
　　　　　 자를로와 함께 윌리엄 깁슨의 희곡 「기적을 일으키는 사람」을
　　　　　 각색한 작품 〈앨라배마의 기적 Miracle en Alabama〉이 에베르
　　　　　 토극장에서 상연되어 큰 성공을 거둔다.
1962년　 1월, 『앙데스마스 씨의 오후 L'après-midi de Monsieur
　　　　　 Andesmas』가 갈리마르에서 출간된다. 3월, 에비앙협정에 따라
　　　　　 알제리전쟁이 종식된다. 봄, 헨리 제임스의 「정글의 야수」를 프
　　　　　 랑스어 연극으로 각색한다. 9월 아테네극장에서 초연. 7월, 가까
　　　　　 운 친구 조르주 바타유를 잃는다. 연말부터 『부영사』를 쓰기 시
　　　　　 작한다.
1963년　 술을 끊으려 노력하지만, 겨울 내내 술은 심각한 문제가 된다.
　　　　　 2월, 『센에우아즈의 고가 다리』를 고쳐 클로드 레기의 연출로
　　　　　 무대에 올린다. 4월, 자를로와 함께 쓴 미셸 미트라니의 드라마
　　　　　 〈경이 없이 Sans merveille〉가 텔레비전에서 방영된다. 7월, 〈N.
　　　　　 R. F.〉지에 기이한 유머로 가득한 희곡 「물과 숲」을 발표한다. 뒤
　　　　　 라스는 6월경 트루빌의 로슈누아르에 집을 사서 여름을 보내고,
　　　　　 그렇게 10월까지 파리와 트루빌을 오가며 아주 빠른 속도로 새
　　　　　 로운 소설을 집필한다. 이때부터 파리, 뇌플르샤토, 그리고 노르

망디 해안을 오가며 여생을 보낸다.

1964년 3월, 갈리마르에서 『롤 베 스타인의 환희 Le Ravissement de Lol V. Stein』가 출간된다. 이때부터 본격적으로 약 10년간 소설과 영화를 아우르는 창작기가 시작된다. 여름, 마랭 카르미츠는 뒤라스가 시나리오를 쓴 단편영화 〈검은 밤 콜카타 Nuit noire Calcutta〉를 촬영한다. 영화는 대중에 공개되지 않았지만, 『부영사』 집필에 큰 영향을 미친다.

1965년 4월, 브리지트 바르도에 대한 글이 『보그』지에 실리고, 뒤라스는 1969년까지 같은 잡지에 다른 여성들을 다룬 몇 편의 글을 싣는다. 9월, 프랑스퀼튀르 라디오방송에서 『앙데스마스 씨의 오후』를 각색한 방송이 송출된다. 10월, 샹젤리제 스튜디오 극장에서 〈라 뮈지카 La Musica〉가 초연되고, 이어서 〈물과 숲〉이 무대에 오른다. 같은 달, 갈리마르에서 『희곡 Théâtre』 1권(「물과 숲」「공원」「라 뮈지카」 포함)을 출간한다. 12월, 뒤라스가 「숲속에서의 나날들」을 각색한 희곡을 장루이 바로가 연출을 맡아 테아트르드프랑스에서 공연된다. 텔레비전 프로그램 〈딩 댕 동〉과 협업해 1968년 5월까지 60년대의 이 상징적인 여성 프로그램을 위해 여덟 편의 방송을 제작했다.

1966년 1월, 『부영사 Le Vice-consul』가 갈리마르에서 출간된다. 같은 달, 「숲속에서의 나날들」이 〈라방센 테아트르〉지에 발표되고, 연극 〈물과 숲〉〈라 뮈지카〉는 로마의 테아트로클럽에서 무대에 오른다. 11월, 1965년 여름에 집필한 시나리오를 바탕으로 장 샤포가 만든 영화 〈여자 도둑 La Voleuse〉이 개봉한다.

1967년 2월, 대본 및 촬영에 참여한 쥘 다생 감독의 영화 〈여름밤 열시 반〉이 개봉한다. 3월, 폴 세방과 함께 동명의 연극을 각색해 만든 첫 영화 〈라 뮈지카〉가 개봉한다. 같은 달, 모스크바 재판에서 영감받은 정치극 「한 남자가 나를 보러 왔다 Un homme est

마르그리트 뒤라스 연보 147

venu me voir」를 완성하지만 이 희곡은 뒤라스 생전에는 무대에 오르지 못했고, 다만 일부분이 〈카이에 르노바로〉(1965년 12월호)에 「러시아극Pièce Russe」으로 실린 바 있다. 3월, 갈리마르에서 『영국 연인L'Amante anglaise』이 출간된다. 봄이 끝나갈 무렵, 시나리오 「긴 의자La Chaise longue」를 써서 조셉 로지에게 제안하지만 영화화는 성사되지 않는다. 시나리오는 『파괴하라, 그녀가 말한다』라는 제목의 책으로 먼저 출간된다. 8월, 곧 『예스, 아마도Yes, peut-être』로 발전하게 될 아주 짧은 희곡 「새L'Oiseau I」를 집필한다.

1968년　1월, 직접 연출한 연극 〈르 샤가Le Shaga〉와 〈예스, 아마도〉가 그라몽극장에서 공연된다. 3월 말, 프랑스퀼튀르에서 『영국 연인』을 각색해 방송한다. 4월, 테헤란으로 강연차 여행을 떠났다가 프랑스로 돌아오자마자 5월 혁명에 뛰어든다. 6월, 갈리마르에서 『희곡』 2권이 출간된다. 12월, 뒤라스가 각색하고 클로드 레기가 연출한 〈영국 연인〉이 샤이오국립극장에서 무대에 오른다.

1969년　3월, 『파괴하라, 그녀가 말한다Détruire dit-elle』가 미뉘에서 출간된다. 뒤라스는 이 짧은 텍스트를 직접 감독해서 영화화하고, 9월과 11월, 각각 뉴욕과 런던 영화제에서 상영한다.

1970년　1월, 프랑스경영자전국평의회의 점거 농성 및 마오쩌둥주의자들이 조직한 아프리카 이민자들의 처우 개선 시위에 참여한다. 2월, 뒤라스가 각색한 A. 스트린드베리의 〈죽음의 춤〉이 프랑스 샤이오국립극장에서 클로드 레기의 연출로 초연된다. 6월, 갈리마르에서 일종의 정치 우화인 『아반 사바나 다비드Abahn Sabana David』가 출간된다. 이 작품을 영화화하기 위해 「황색 태양Jaune le soleil」이라는 시나리오를 집필한다. 이해, 희곡 『영국 연인』이 입센상을 수상한다.

1971년	1월, 뇌플르샤토의 집에서 〈황색 태양〉을 촬영한다(이 영화는 9월 페사로영화제에서 처음 소개된다). 4월, 낙태 합법화와 피임의 자유를 주장한 이른바 '343인의 잡년 선언'에 이름을 올린다. 11월, 〈레 누벨 리테레르〉지에 프란시스 베이컨과 나눈 인터뷰가 실린다(1981년 『아웃사이드』에 재수록). 연말, 뒤라스가 쓰고 베르나르 본옴이 삽화를 그린 동화 『아! 에르네스토*Ah! Ernesto*』가 출간된다. 이 동화의 내용은 1984년 영화 〈아이들Les Enfants〉로, 그리고 1990년 소설 『여름비*La Pluie d'été*』로 다시 만들어진다. 12월, 갈리마르에서 『사랑*L'Amour*』이 출간된다.
1972년	3월, 뒤라스와 마스콜로가 프랑스공산당을 비판한 글 「투사의 책임에 관하여」가 〈르 몽드〉 〈르 누벨 옵세르바퇴르〉 〈라 코즈 뒤 푀플〉지에 일제히 게재된다. 4월, 뒤라스는 뇌플르샤토의 집에서 〈나탈리 그랑제〉를 촬영하고, 이 영화는 가을 베니스영화제와 뉴욕필름페스티벌에서 소개된다. 여름, 런던국립극장을 이끌던 피터 홀의 요청에 따라 『부영사』의 희곡을 각색한다. 이 작업은 영화 〈인디아 송India Song〉으로 이어진다. 11월, 『사랑』을 각색한 영화 〈갠지스강의 여인La Femme du Gange〉을 촬영한다.
1973년	1월, 뒤라스가 각색한 데이비드 스토리의 희곡 「집Home」이 에스파스카르댕에서 초연된다. 9월 〈나탈리 그랑제〉가 파리에서 개봉하고, 10월 〈갠지스강의 여인〉이 뉴욕에서 상영된다. 12월, 갈리마르는 『인디아 송, 연극 영화 텍스트*India Song, texte théâtre film*』를 출간하고, 이를 마지막으로 뒤라스의 '갈리마르 시기'가 끝난다.
1974년	4월, 『말하는 여자들*Les Parleuses*』이 미뉘에서 출간된다.
1975년	2월, 〈인디아 송〉이 로테르담영화제에 출품되고, 5월 칸영화제 비경쟁부문에 이름을 올린다. 11월에는 캉의 뤽스영화관에서

마르그리트 뒤라스 연보 149

	상영되는데, 뒤라스는 여기서 훗날 얀 앙드레아Yann Andréa 라는 이름으로 그녀의 작품에 등장하게 될 학생, 얀 르메Yann Lemée를 처음으로 만난다.
1976년	1월, 〈인디아 송〉과 동일한 사운드트랙에 로스차일드궁의 이미지를 담아 또다른 영화 〈콜카타 사막에서 베니스라는 그의 이름 Son nom de Venise dans Calcutta désert〉을 찍는다. 3월, 〈숲속에서의 나날들〉을 영화화한다. 4월, 1968년의 연극 〈수잔나 안들러〉를 영화화한 〈박스터, 베라 박스터Baxter, Véra Baxter〉를 촬영한다. 5월, 미셸 포르트와의 인터뷰가 담긴 〈마르그리트 뒤라스의 장소들〉이 텔레비전에서 방송된다.
1977년	1월, 제라르 드파르디외와 함께 출연한 영화 〈트럭Le Camion〉을 촬영한다. 5월, 영화의 텍스트 『트럭』에 미셸 포르트와의 인터뷰를 덧붙인 글이 미뉘에서 출간된다. 11월, 메르퀴르드프랑스에서 희곡 『에덴 시네마』가 출간된다. 12월, 미뉘에서 『마르그리트 뒤라스의 장소들Les Lieux de Marguerite Duras』이 출간된다.
1978년	4월, 큰오빠 피에르 도나디외가 사망한다. 8월, 전해 2월 잡지 〈미뉘〉에 발표했던 시나리오를 바탕으로 〈나비르 나이트Le Navire Night〉를 촬영한다.
1979년	봄, 〈나비르 나이트〉에 쓰지 않고 남겨둔 구상에서 출발해, 두 편의 단편영화 〈세자레Césarée〉와 〈바위에 새겨진 손Les mains négatives〉을 새로 쓰고 편집한다. 7월, 파리에서 〈오렐리아 슈타이너(멜버른)Aurélia Steiner(Melbourne)〉을, 뒤이어 9월 〈오렐리아 슈타이너(벤쿠버)Aurélia Steiner(Vancouver)〉를 촬영한다. 10월, 스위스 로잔을 여행하던 뒤라스는 장뤽 고다르의 요청에 영화 〈할 수 있는 자가 구하라(인생)Sauve qui peut(la vie)〉에 목소리로 출연한다. 12월, 미셸 쿠르노의 후원 아래 메

	르퀴르드프랑스에서 지난 2년간 영화에 쓰인 텍스트 「나비르나이트」 「세자레」 「바위에 새겨진 손」 「오렐리아 슈타이너」 3부작(멜버른·벤쿠버·파리)을 모아 출간한다.
1980년	1월, 얀 르메가 몇 년간 보내온 편지에 마침내 답장한다. 몇 차례 가사상태에 빠질 만큼 건강이 악화된 뒤라스가 결국 응급실로 실려간다. 연초, 1976년의 시나리오를 각색한 희곡 『베라 박스터 혹은 대서양의 해변들Véra Baxter ou les Plages de l'Atlantique』이 알바트로스출판사에서 출간된다. 4월, 미뉘에서 『복도에 앉아 있는 남자L'Homme assis dans le couloir』를 출간한다. 6월, 『초록 눈Les Yeux verts』이 발간된다. 세르주 쥘리는 뒤라스에게 〈리베라시옹〉지에 칼럼 기고를 부탁하고, 7~9월 총 10개의 텍스트가 실린다. 미뉘에서 이 텍스트들을 모아 『80년 여름L'Été 80』을 출간한다. 얼마 후 트루빌의 파도소리와 함께 이 텍스트의 몇몇 구절을 발췌해 녹음하는데, 이는 이듬해 데팜므출판사에서 『소녀와 아이La Jeune Fille et l'Enfant』라는 제목의 카세트테이프로 발매된다. 이 기이한 경험을 계기로 뒤라스의 글쓰기가 다시 문학과 맺어진다. 이 작품은 큰 성공을 거두고, 이때부터 '얀 앙드레아'에게 헌정된다. 수년간 일방적으로 편지를 보내온 그는 마침내 이해 8월 30일, 뒤라스의 삶으로 들어온다. 두 사람은 20세기 문학의 전설적인 커플이 된다.
1981년	1월, 알뱅미셸출판사에서 그동안 여러 매체에 기고한 글을 묶은 『아웃사이드. 나날의 기사들Outside. Papiers d'un jour』이 출간된다. 2월, 미뉘에서 『아가타Agatha』가 출간되고 이는 곧바로 영화 〈아가타 그리고 무한의 독서Agatha et les lectures illimitées〉로 각색되어 트루빌에서 촬영이 진행된다. 촬영 현장에서 장 마스콜로와 제롬 보주르는 다큐멘터리 〈뒤라스가 찍다

	Duras filme〉를 촬영하고, 여기서 출발해 뒤라스는 '책이 말하다Livre dit'라는 제목으로 몇몇 대목을 써두지만 텍스트는 미완성으로 남는다. 5월, 대선 행보를 적극 지지했던 프랑수아 미테랑이 프랑스공화국의 새로운 대통령으로 선출된다. 6월, 한차례 다툼 뒤 얀 앙드레아와 편지를 주고받은 뒤라스는 여기서 그에게 바치는 오마주가 될 영화〈대서양의 남자〉를 떠올린다.
1982년	2월 말, 『대서양의 남자L'Homme antlantique』가 미뉘에서 출간된다. 3월, 얀 앙드레아에게 『사바나 베이』를 받아쓰게 한다. 4월, 이탈리아 방송국의 요청으로 만든 〈로마의 대화Dialogue de Rome〉 촬영이 이루어진다. 8~10월, 얀 앙드레아에게 『죽음의 병』을 받아쓰게 한다. 10월, 미뉘에서 희곡 『사바나 베이 Savannah Bay』가 출간된다. 10~11월, 얼마 전부터 다시 마시기 시작한 술이 결국 문제가 되어 뇌이쉬르센에 있는 병원에 입원한다. 12월, 미뉘에서 『죽음의 병La Maladie de la mort』을 출간한다.
1983년	1월, 『죽음의 병』이 서점에 유통된다. 향후 10년간 끊임없이 이 텍스트의 개작과 각색을 시도한다. 2월, 뒤라스가 쓴 희곡들이 파리의 극장에서 일제히 공연된다. 4월, 브뤼셀에서 영화 회고전 및 전시로 이루어진 '뒤라스 주간'이 열린다. 이 행사를 계기로 일종의 사진집을 구상하는데, 1년 뒤 『연인』 집필로 이어진다. 6월, 장 마스콜로와 제롬 보주르가 촬영하는 카메라 앞에서 도미니크 노게즈와 영화에 관한 대담을 나누고, 같은 달 아카데미프랑세즈 희곡부문 그랑프리를 수상한다. 봄에서 여름 사이, 얀 앙드레아의 도움을 받아 1956~1964년 제라르 자를로와의 관계를 이야기하는 '거짓된 남자L'Homme menti'를 쓰지만, 글은 완성되지 않는다. 이 사연은 이후 『물질적 삶』에 등장한다. 9월, 〈아가타〉 〈사바나 베이〉가 각기 공연된다. 11월, 미뉘에서

『사바나 베이』의 개정증보판이 출간된다.

1984년 1월, 〈오렐리아 슈타이너〉를 포함한 여러 작품의 낭독극이 열린다. 5월, 갈리마르에서 『희곡』 3권이 출간된다. 6월, 영화 〈아이들〉을 촬영해, 8월 몬트리올영화제에서 상영한다. 9월, 미뉘에서 『연인 L'Amant』이 출간된다. 평단은 걸작을 외치고, 몇 달 만에 책은 100만 부 이상 판매되며, 수십 개 언어로 번역되기 시작한다. 11월, 공쿠르상을 수상한다. 이해, P.O.L.출판사에서 『아웃사이드』가 재출간되고, 이를 계기로 '아웃사이드'라는 동명의 총서를 기획한다.

1985년 2월, 베를린 영화제에서 〈아이들〉이 특별 심사위원상과 국제예술영화관연맹상을 수상한다. 같은 달, 갈리마르출판사는 뒤라스가 각색한 안톤 체호프의 희곡 『갈매기』를 출간한다. 4월, 라에네크병원으로 긴급 호송되고, 동시에 P.O.L.에서 『고통 La Douleur』이 출간된다. 5월, 갈리마르는 『라 뮈지카』에 2막을 더해 개정판을 출간한다. 같은 달, 칸영화제에서 페터 한트케가 『죽음의 병』을 원작으로 만든 영화가 상영된다. 한편 뤽 봉디가 『죽음의 병』의 희곡을 베를린 무대에 올릴 계획을 내비치면서 여름 내내, 그리고 이후에도 계속 뒤라스는 이 작품의 각색에 매진한다.

1986년 4월, 『연인』이 리츠파리헤밍웨이상을 받는다. 10월, 미뉘에서 『파란 눈 검은 머리 Les Yeux bleus cheveux noirs』가 출간된다. 12월, 미뉘에서 『노르망디 해변의 매춘부 La Pute de la côte normande』가 출간된다.

1987년 6월, P.O.L.출판사에서 『물질적 삶. 마르그리트 뒤라스가 제롬 보주르에게 말하다 La Vie matérielle. Marguerite Duras parle à Jérôme Beaujour』가 출간된다. 8월, 『연인』을 각색해 시나리오를 쓰고, 클로드 베리가 이 작품의 영화 판권을 산다. 10월, 미뉘

	에서 『에밀리L.*Emily L.*』이 출간된다. 10~11월, 다시 입원한다.
1988년	10월, 라에네크병원에 다시 입원한다.
1989년	2월, 4개월여의 혼수상태에서 깨어난다.
1990년	1월, P.O.L.에서 『여름비 *La Pluie d'été*』가 출간된다. 10월, 뒤라스의 전남편이자 생브누아가 모임의 주축이었던 앙텔므가 사망한다.
1991년	6월, 갈리마르에서 『북중국에서 온 연인 *L'Amant de la Chine du Nord*』이 출간된다. 『연인』을 다시 쓴 이 작품은 영화적 내러티브와 소설적 텍스트의 중간에 있는 작품으로, 처음엔 장자크 아노 감독이 준비중이던 영화의 대본으로 여겨졌다. 12월, 마침내 베를린 샤우뷔네극장에서 밥 윌슨이 〈죽음의 병〉을 무대에 올린다. 희곡 각색 작업을 포기하지 않고 계속 이어간다.
1992년	1월, 장자크 아노 감독의 〈연인〉이 개봉한다. 영화는 성공적이었지만, 뒤라스는 인터뷰에서 가시 돋친 말로 영화에 대한 비판적 입장을 내비친다. 6월, P.O.L.에서 『얀 앙드레아 슈타이너 *Yann Andréa Steiner*』가 출간된다.
1993년	9월, 갈리마르에서 『쓰다 *Écrire*』가 출간된다. 이전 해 11월 아르테에서 방영된 영화감독 브누아 자코와의 대담을 다듬은 텍스트 다섯 편이 실렸다. 11월, P.O.L.에서 1962년부터 쓴 다양한 글을 모아 『바깥세상. 아웃사이드 2 *Le Monde extérieur. Outside 2*』를 출간한다.
1995년	10월, P.O.L.에서 『이게 다예요 *C'est tout*』가 출간된다. 얀 앙드레아가 1994년 2월부터 1995년 8월까지 받아적은 뒤라스의 말을 모았다.
1996년	3월 3일, 생브누아가의 아파트에서 눈을 감는다. 시신은 몽파르나스묘지에 안장된다. 이후 3월 말, 엘렌 방베르제가 트루빌에서 찍은 사진을 바탕으로 뒤라스가 쓴 짧은 텍스트들을 묶

은 책 『글로 쓰인 바다 La Mer écrite』가 마르발출판사에서 출간된다.

문학동네 세계문학전집 발간에 부쳐

세계문학은 국민문학 혹은 지역문학을 떠나 존재하는 문학이 아니지만 그것들의 총합도 아니다. 세계문학이라는 용어에는 그 나름의 언어와 전통을 갖고 있는 국민문학이나 지역문학의 존재를 인정하면서 그것을 넘어서는 문학의 보편적 질서에 대한 관념이 새겨져 있다. 그 용어를 처음 고안한 19세기 유럽인들은 유럽문학을 중심으로 그 질서를 구축했지만 풍부한 국민문학의 전통을 가지고 있는 현대의 문학 강국들은 나름의 방식으로 세계문학을 이해하면서 정전(正典)의 목록을 작성하고 또 수정한다.

한국에서도 세계문학 관념은 우리 사회와 문화의 변화 속에서 거듭 수정돼왔다. 어느 시기에는 제국 일본의 교양주의를 반영한 세계문학 관념이, 어느 시기에는 제3세계 민족주의에 동조한 세계문학 관념이 출현했고, 그러한 관념을 실천한 전집물이 출판됐다. 21세기 한국에 새로운 세계문학전집이 필요하다는 것은 명백하다. 우리의 지성과 감성의 기준에 부합하는 세계문학을 다시 구상할 때가 되었다.

문학동네 세계문학전집은 범세계적으로 통용되는 고전에 대한 상식을 존중하면서도 지난 반세기 동안 해외 주요 언어권에서 창작과 연구의 진전에 따라 일어난 정전의 변동을 고려하여 편성되었다. 그래서 불멸의 명작은 물론 동시대 세계의 중요한 정치·문화적 실천에 영감을 준 새로운 작품들을 두루 포함시켰다.

창립 이후 지금까지 한국문학 및 번역문학 출판에서 가장 전문적이고 생산적인 그룹을 대표해온 문학동네가 그간 축적한 문학 출판 경험을 바탕으로 새로운 세계문학전집을 펴낸다. 인류가 무지와 몽매의 어둠 속을 방황하면서도 끝내 길을 잃지 않은 것은 세계문학사의 하늘에 떠 있는 빛나는 별들이 길잡이가 되어주었기 때문이다. 우리가 자부심과 사명감 속에서 그리게 될 이 새로운 별자리가 독자들의 관심과 애정에 힘입어 우리 모두의 뿌듯한 자산이 되기를 소망한다.

문학동네 세계문학전집 편집위원
민은경, 박유하, 변현태, 송병선, 이재룡, 홍길표, 남진우, 황종연

세계문학전집 260
동네 공원

1판 1쇄 2025년 4월 11일
1판 2쇄 2025년 5월 30일

지은이 마르그리트 뒤라스 | 옮긴이 김정아

책임편집 송지선 | 편집 홍상희
디자인 김이정 최미영 | 저작권 박지영 형소진 오서영 조경은
마케팅 정민호 서지화 한민아 이민경 왕지경 정유진 정경주 김수인 김혜원 김예진 나현후
　　　이서진
브랜딩 함유지 박민재 이송이 김희숙 박다솔 조다현 김하연 이준희
제작 강신은 김동욱 이순호 | 제작처 영신사

펴낸곳 (주)문학동네 | 펴낸이 김소영
출판등록 1993년 10월 22일 제2003-000045호
주소 10881 경기도 파주시 회동길 210
전자우편 editor@munhak.com
대표전화 031)955-8888 | 팩스 031)955-8855
문학동네카페 http://cafe.naver.com/mhdn
인스타그램 @munhakdongne | 트위터 @munhakdongne
북클럽문학동네 http://bookclubmunhak.com

ISBN 979-11-416-0980-1 04860
　　　978-89-546-0901-2 (세트)

잘못된 책은 구입하신 서점에서 교환해드립니다.
기타 교환 문의 031) 955-2661, 3580

www.munhak.com

문학동네 세계문학전집

1, 2, 3 안나 카레니나 레프 톨스토이 | 박형규 옮김
4 판탈레온과 특별봉사대 마리오 바르가스 요사 | 송병선 옮김
5 황금 물고기 J. M. G. 르 클레지오 | 최수철 옮김
6 템페스트 윌리엄 셰익스피어 | 이경식 옮김
7 위대한 개츠비 F. 스콧 피츠제럴드 | 김영하 옮김
8 아름다운 애너벨 리 싸늘하게 죽다 오에 겐자부로 | 박유하 옮김
9, 10 파우스트 요한 볼프강 폰 괴테 | 이인웅 옮김
11 가면의 고백 미시마 유키오 | 양윤옥 옮김
12 킴 러디어드 키플링 | 하창수 옮김
13 나귀 가죽 오노레 드 발자크 | 이철의 옮김
14 피아노 치는 여자 엘프리데 옐리네크 | 이병애 옮김
15 1984 조지 오웰 | 김기혁 옮김
16 벤야멘타 하인학교-야콥 폰 군텐 이야기 로베르트 발저 | 홍길표 옮김
17, 18 적과 흑 스탕달 | 이규식 옮김
19, 20 휴먼 스테인 필립 로스 | 박범수 옮김
21 체스 이야기·낯선 여인의 편지 슈테판 츠바이크 | 김연수 옮김
22 왼손잡이 니콜라이 레스코프 | 이상훈 옮김
23 소송 프란츠 카프카 | 권혁준 옮김
24 마크롤 가비에로의 모험 알바로 무티스 | 송병선 옮김
25 파계 시마자키 도손 | 노영희 옮김
26 내 생명 앗아가주오 앙헬레스 마스트레타 | 강성식 옮김
27 여명 시도니가브리엘 콜레트 | 송기정 옮김
28 한때 흑인이었던 남자의 자서전 제임스 웰든 존슨 | 천승걸 옮김
29 슬픈 짐승 모니카 마론 | 김미선 옮김
30 피로 물든 방 앤절라 카터 | 이귀우 옮김
31 숨그네 헤르타 뮐러 | 박경희 옮김
32 우리 시대의 영웅 미하일 레르몬토프 | 김연경 옮김
33, 34 실낙원 존 밀턴 | 조신권 옮김
35 복낙원 존 밀턴 | 조신권 옮김
36 포로기 오오카 쇼헤이 | 허호 옮김
37 동물농장·파리와 런던의 따라지 인생 조지 오웰 | 김기혁 옮김
38 루이 랑베르 오노레 드 발자크 | 송기정 옮김
39 코틀로반 안드레이 플라토노프 | 김철균 옮김
40 어두운 상점들의 거리 파트릭 모디아노 | 김화영 옮김
41 순교자 김은국 | 도정일 옮김
42 젊은 베르테르의 슬픔 요한 볼프강 폰 괴테 | 안장혁 옮김
43 더블린 사람들 제임스 조이스 | 진선주 옮김
44 설득 제인 오스틴 | 원영선, 전신화 옮김
45 인공호흡 리카르도 피글리아 | 엄지영 옮김
46 정글북 러디어드 키플링 | 손향숙 옮김
47 외로운 남자 외젠 이오네스코 | 이재룡 옮김
48 에피 브리스트 테오도어 폰타네 | 한미희 옮김
49 둔황 이노우에 야스시 | 임용택 옮김
50 미크로메가스·캉디드 혹은 낙관주의 볼테르 | 이병애 옮김

51, 52 염소의 축제 마리오 바르가스 요사 | 송병선 옮김
53 고야산 스님·초롱불 노래 이즈미 교카 | 임태균 옮김
54 다니엘서 E. L. 닥터로 | 정상준 옮김
55 이날을 위한 우산 빌헬름 게나치노 | 박교진 옮김
56 톰 소여의 모험 마크 트웨인 | 강미경 옮김
57 카사노바의 귀향·꿈의 노벨레 아르투어 슈니츨러 | 모명숙 옮김
58 바보들을 위한 학교 사샤 소콜로프 | 권정임 옮김
59 어느 어릿광대의 견해 하인리히 뵐 | 신동도 옮김
60 웃는 늑대 쓰시마 유코 | 김훈아 옮김
61 팔코너 존 치버 | 박영원 옮김
62 한눈팔기 나쓰메 소세키 | 조영석 옮김
63, 64 톰 아저씨의 오두막 해리엇 비처 스토 | 이종인 옮김
65 아버지와 아들 이반 투르게네프 | 이항재 옮김
66 베니스의 상인 윌리엄 셰익스피어 | 이경식 옮김
67 해부학자 페데리코 안다아시 | 조구호 옮김
68 긴 이별을 위한 짧은 편지 페터 한트케 | 안장혁 옮김
69 호텔 뒤락 애니타 브루크너 | 김정 옮김
70 잔해 쥘리앵 그린 | 김종우 옮김
71 절망 블라디미르 나보코프 | 최종술 옮김
72 더버빌가의 테스 토머스 하디 | 유명숙 옮김
73 감상소설 미하일 조센코 | 백용식 옮김
74 빙하와 어둠의 공포 크리스토프 란스마이어 | 진일상 옮김
75 쓰가루·석별·옛날이야기 다자이 오사무 | 서재곤 옮김
76 이인 알베르 카뮈 | 이기언 옮김
77 달려라, 토끼 존 업다이크 | 정영목 옮김
78 몰락하는 자 토마스 베른하르트 | 박인원 옮김
79, 80 한밤의 아이들 살만 루슈디 | 김진준 옮김
81 죽은 군대의 장군 이스마일 카다레 | 이창실 옮김
82 페레이라가 주장하다 안토니오 타부키 | 이승수 옮김
83, 84 목로주점 에밀 졸라 | 박명숙 옮김
85 아베 일족 모리 오가이 | 권태민 옮김
86 폭풍의 언덕 에밀리 브론테 | 김정아 옮김
87, 88 늦여름 아달베르트 슈티프터 | 박종대 옮김
89 클레브 공작부인 라파예트 부인 | 류재화 옮김
90 P세대 빅토르 펠레빈 | 박혜경 옮김
91 노인과 바다 어니스트 헤밍웨이 | 이인규 옮김
92 물방울 메도루마 슌 | 유은경 옮김
93 도깨비불 피에르 드리외라로셸 | 이재룡 옮김
94 프랑켄슈타인 메리 셸리 | 김선형 옮김
95 래그타임 E. L. 닥터로 | 최용준 옮김
96 캔터빌의 유령 오스카 와일드 | 김미나 옮김
97 만(卍)·시게모토 소장의 어머니 다니자키 준이치로 | 김춘미, 이호철 옮김
98 맨해튼 트랜스퍼 존 더스패서스 | 박경희 옮김
99 단순한 열정 아니 에르노 | 최정수 옮김

100 열세 걸음 모옌 | 임홍빈 옮김
101 데미안 헤르만 헤세 | 안인희 옮김
102 수레바퀴 아래서 헤르만 헤세 | 한미희 옮김
103 소리와 분노 윌리엄 포크너 | 공진호 옮김
104 곰 윌리엄 포크너 | 민은영 옮김
105 롤리타 블라디미르 나보코프 | 김진준 옮김
106, 107 부활 레프 톨스토이 | 박형규 옮김
108, 109 모래그릇 마쓰모토 세이초 | 이병진 옮김
110 은둔자 막심 고리키 | 이강은 옮김
111 불타버린 지도 아베 고보 | 이영미 옮김
112 말라볼리아가의 사람들 조반니 베르가 | 김운찬 옮김
113 디어 라이프 앨리스 먼로 | 정연희 옮김
114 돈 카를로스 프리드리히 실러 | 안인희 옮김
115 인간 짐승 에밀 졸라 | 이철의 옮김
116 빌러비드 토니 모리슨 | 최인자 옮김
117, 118 미국의 목가 필립 로스 | 정영목 옮김
119 대성당 레이먼드 카버 | 김연수 옮김
120 나나 에밀 졸라 | 김치수 옮김
121, 122 제르미날 에밀 졸라 | 박명숙 옮김
123 현기증. 감정들 W. G. 제발트 | 배수아 옮김
124 강 동쪽의 기담 나가이 가후 | 정병호 옮김
125 붉은 밤의 도시들 윌리엄 버로스 | 박인찬 옮김
126 수고양이 무어의 인생관 E. T. A. 호프만 | 박은경 옮김
127 맘브루 R. H. 모레노 두란 | 송병선 옮김
128 익사 오에 겐자부로 | 박유하 옮김
129 땅의 혜택 크누트 함순 | 안미란 옮김
130 불안의 책 페르난두 페소아 | 오진영 옮김
131, 132 사랑과 어둠의 이야기 아모스 오즈 | 최창모 옮김
133 페스트 알베르 카뮈 | 유호식 옮김
134 다마세누 몬테이루의 잃어버린 머리 안토니오 타부키 | 이현경 옮김
135 작은 것들의 신 아룬다티 로이 | 박찬원 옮김
136 시스터 캐리 시어도어 드라이저 | 송은주 옮김
137 고독한 산책자의 몽상 장자크 루소 | 문경자 옮김
138 용의자의 야간열차 다와다 요코 | 이영미 옮김
139 세기아의 고백 알프레드 드 뮈세 | 김미성 옮김
140 햄릿 윌리엄 셰익스피어 | 이경식 옮김
141 카산드라 크리스타 볼프 | 한미희 옮김
142 이 글을 읽는 사람에게 영원한 저주를 마누엘 푸익 | 송병선 옮김
143 마음 나쓰메 소세키 | 유은경 옮김
144 바다 존 밴빌 | 정영목 옮김
145, 146, 147, 148 전쟁과 평화 레프 톨스토이 | 박형규 옮김
149 세 가지 이야기 귀스타브 플로베르 | 고봉만 옮김
150 제5도살장 커트 보니것 | 정영목 옮김
151 알렉시·은총의 일격 마르그리트 유르스나르 | 윤진 옮김

152 말라 온다 알베르토 푸겟 | 엄지영 옮김
153 아르세니예프의 인생 이반 부닌 | 이항재 옮김
154 오만과 편견 제인 오스틴 | 류경희 옮김
155 돈 에밀 졸라 | 유기환 옮김
156 젊은 예술가의 초상 제임스 조이스 | 진선주 옮김
157, 158, 159 카라마조프가의 형제들 표도르 도스토옙스키 | 김희숙 옮김
160 진 브로디 선생의 전성기 뮤리얼 스파크 | 서정은 옮김
161 13인당 이야기 오노레 드 발자크 | 송기정 옮김
162 하지 무라트 레프 톨스토이 | 박형규 옮김
163 희망 앙드레 말로 | 김웅권 옮김
164 임멘 호수·백마의 기사·프시케 테오도어 슈토름 | 배정희 옮김
165 밤은 부드러워라 F. 스콧 피츠제럴드 | 정영목 옮김
166 야간비행 앙투안 드 생텍쥐페리 | 용경식 옮김
167 나이트우드 주나 반스 | 이예원 옮김
168 소년들 앙리 드 몽테를랑 | 유정애 옮김
169, 170 독립기념일 리처드 포드 | 박영원 옮김
171, 172 닥터 지바고 보리스 파스테르나크 | 박형규 옮김
173 싯다르타 헤르만 헤세 | 권혁준 옮김
174 야만인을 기다리며 J. M. 쿳시 | 왕은철 옮김
175 철학편지 볼테르 | 이봉지 옮김
176 거지 소녀 앨리스 먼로 | 민은영 옮김
177 창백한 불꽃 블라디미르 나보코프 | 김윤하 옮김
178 슈틸러 막스 프리슈 | 김인순 옮김
179 시핑 뉴스 애니 프루 | 민승남 옮김
180 이 세상의 왕국 알레호 카르펜티에르 | 조구호 옮김
181 철의 시대 J. M. 쿳시 | 왕은철 옮김
182 카시지 조이스 캐럴 오츠 | 공경희 옮김
183, 184 모비 딕 허먼 멜빌 | 황유원 옮김
185 솔로몬의 노래 토니 모리슨 | 김선형 옮김
186 무기여 잘 있거라 어니스트 헤밍웨이 | 권진아 옮김
187 컬러 퍼플 앨리스 워커 | 고정아 옮김
188, 189 죄와 벌 표도르 도스토옙스키 | 이문영 옮김
190 사랑 광기 그리고 죽음의 이야기 오라시오 키로가 | 엄지영 옮김
191 빅 슬립 레이먼드 챈들러 | 김진준 옮김
192 시간은 밤 류드밀라 페트루솁스카야 | 김혜란 옮김
193 타타르인의 사막 디노 부차티 | 한리나 옮김
194 고양이와 쥐 귄터 그라스 | 박경희 옮김
195 펠리시아의 여정 윌리엄 트레버 | 박찬원 옮김
196 마이클 K의 삶과 시대 J. M. 쿳시 | 왕은철 옮김
197, 198 오스카와 루신다 피터 케리 | 김시현 옮김
199 패싱 넬라 라슨 | 박경희 옮김
200 마담 보바리 귀스타브 플로베르 | 김남주 옮김
201 패주 에밀 졸라 | 유기환 옮김
202 도시와 개들 마리오 바르가스 요사 | 송병선 옮김

203 루시 저메이카 킨케이드 | 정소영 옮김
204 대지 에밀 졸라 | 조성애 옮김
205, 206 백치 표도르 도스토옙스키 | 김희숙 옮김
207 백야 표도르 도스토옙스키 | 박은정 옮김
208 순수의 시대 이디스 워턴 | 손영미 옮김
209 단순한 이야기 엘리자베스 인치볼드 | 이혜수 옮김
210 바닷가에서 압둘라자크 구르나 | 황유원 옮김
211 낙원 압둘라자크 구르나 | 왕은철 옮김
212 피라미드 이스마일 카다레 | 이창실 옮김
213 애니 존 저메이카 킨케이드 | 정소영 옮김
214 지고 말 것을 가와바타 야스나리 | 박혜성 옮김
215 부서진 사월 이스마일 카다레 | 유정희 옮김
216 사람은 무엇으로 사는가 레프 톨스토이 | 이항재 옮김
217, 218 악마의 시 살만 루슈디 | 김진준 옮김
219 오늘을 잡아라 솔 벨로 | 김진준 옮김
220 배반 압둘라자크 구르나 | 황가한 옮김
221 어두운 밤 나는 적막한 집을 나섰다 페터 한트케 | 윤시향 옮김
222 무어의 마지막 한숨 살만 루슈디 | 김진준 옮김
223 속죄 이언 매큐언 | 한정아 옮김
224 암스테르담 이언 매큐언 | 박경희 옮김
225, 226, 227 특성 없는 남자 로베르트 무질 | 박종대 옮김
228 앨프리드와 에밀리 도리스 레싱 | 민은영 옮김
229 북과 남 엘리자베스 개스켈 | 민승남 옮김
230 마지막 이야기들 윌리엄 트레버 | 민승남 옮김
231 벤저민 프랭클린 자서전 벤저민 프랭클린 | 이종인 옮김
232 만년양식집 오에 겐자부로 | 박유하 옮김
233 이상한 나라의 앨리스 루이스 캐럴 | 존 테니얼 그림 | 김희진 옮김
234 소네치카 · 스페이드의 여왕 류드밀라 울리츠카야 | 박종소 옮김
235 메데야와 그녀의 아이들 류드밀라 울리츠카야 | 최종술 옮김
236 실종자 프란츠 카프카 | 이재황 옮김
237 진 알랭 로브그리예 | 성귀수 옮김
238 말테의 수기 라이너 마리아 릴케 | 홍사현 옮김
239, 240 율리시스 제임스 조이스 | 이종일 옮김
241 지도와 영토 미셸 우엘벡 | 장소미 옮김
242 사막 J. M. G. 르 클레지오 | 홍상희 옮김
243 사냥꾼의 수기 이반 투르게네프 | 이종현 옮김
244 험볼트의 선물 솔 벨로 | 전수용 옮김
245 바베트의 만찬 이자크 디네센 | 추미옥 옮김
246 나르치스와 골드문트 헤르만 헤세 | 안인희 옮김
247 변신 · 단식 광대 프란츠 카프카 | 이재황 옮김
248 상자 속의 사나이 안톤 체호프 | 박현섭 옮김
249 가장 파란 눈 토니 모리슨 | 정소영 옮김
250 꽃피는 노트르담 장 주네 | 성귀수 옮김
251, 252 울프홀 힐러리 맨틀 | 강아름 옮김

253 시체들을 끌어내라 힐러리 맨틀 | 김선형 옮김
254 샌프란시스코에서 온 신사 이반 부닌 | 최진희 옮김
255 포화 앙리 바르뷔스 | 김웅권 옮김
256 추락 J. M. 쿳시 | 왕은철 옮김
257 킬리만자로의 눈 어니스트 헤밍웨이 | 정영목 옮김
258 오래된 빛 존 밴빌 | 정영목 옮김
259 고리오 영감 오노레 드 발자크 | 이철의 옮김
260 동네 공원 마르그리트 뒤라스 | 김정아 옮김
261 앨리스 B. 토클러스의 자서전 거트루드 스타인 | 윤희기 옮김
262 댈러웨이 부인 버지니아 울프 | 민은영 옮김

● 문학동네 세계문학전집은 계속 출간됩니다